Marcos Mostaza

marcos Mostaza

Daniel Nesquens

Ilustración de
Claudia Ranucci

ANAYA

1.ª edición: febrero 2018

© Del texto: Daniel Nesquens, 2018
© De las ilustraciones: Claudia Ranucci, 2018
© Grupo Anaya, S. A., 2018
Juan Ignacio Luca de Tena, 15. 28027 Madrid
www.anayainfantilyjuvenil.com
e-mail: anayainfantilyjuvenil@anaya.es

Diseño: Gerardo Domínguez

ISBN: 978-84-698-3593-7
Depósito legal: M-34502-2017
Impreso en España - Printed in Spain

Las normas ortográficas seguidas son las establecidas por
la Real Academia Española en la *Ortografía de la lengua española*,
publicada en el año 2010.

Índice

Aviso del autor

Corría el año 2007; yo era más joven, tú lector incluso igual no habías nacido, cuando sonó el teléfono de mi casa, creo que entonces no tenía móvil. Descolgué y escuché una voz amiga que me hizo una propuesta que me resultaría imposible de rechazar: escribir una serie de libros de un personaje que tuviese unos diez años, viviese en una ciudad de provincias y le sucediesen peripecias divertidas.

A partir de ese momento, en mi cabeza ya no existía otra cosa. Quiero decir que estaba el cerebro, el cerebelo, el tálamo y esas partes tan importantes, pero también se alojaba ese personaje del libro al que tenía que dar forma.

Pasaron los días, las semanas y estaba igual que al principio. Casi me empecé a preocupar por aquel «no ocurrírseme nada». Cuando sucede esto lo que hago es calzarme mis deportivas y echar a correr. Y eso hice. Un día, otro… hasta que se me encendió una. «Joven, lleva usted algo encendido dentro de la cabeza», me dijo un corredor mucho más fibroso y rápido que yo.

«Señor, señor», me ladró un perro señalando con su pata mi cabeza reluciente.

¡Por fin! Ya tenía el apelativo del personaje: Marcos Mostaza, Marcos Mostaza, Marcos Mostaza… Ese era el nombre que se me había ocurrido, ese y no otro. Y, como si alguien hubiese abierto las compuertas, las ideas comenzaron a agolparse dentro de mi cabeza. Tantas que tuve que alquilar otra testa. Y escribí, escribí. Casi como un loco. Escribí cinco historias que luego fueron libros. Libros bonitos, divertidos, amenos, con bastante éxito.

Ya han pasado más de diez años, tengo más canas y he tenido que cambiar unas cuantas veces de deportivas. Ha pasado todo este tiempo y ha pasado que mi teléfono ha vuelto a sonar. Esta vez fue el móvil. Al otro lado, una voz más joven que yo me hacía otra propuesta imposible de rehusar. Que qué me parecía agrupar los cinco libros de Marcos Mostaza en uno solo. «Un solo libro que fuesen cinco».

Un trabajo de un Nesquens Manostijeras que casi me vuelve loco, pero, bueno, aquí está. Que te guste.

Un abrazo y feliz lectura, amigo lector.

1

Estrellas del pop

A mí no me importa ser español, en absoluto. Pero preferiría ser del norte de América, de Estados Unidos. Del estado de Florida, de Orlando más concretamente. A menos de 30 kilómetros de Disney World. Cogeríamos el coche de papá, enfilaríamos la carretera estatal número 4 y en menos de 20 minutos... a disfrutar de todo el encanto del mundo Disney.

Me hubiese gustado decir que la tierra donde vivo la descubrió Cristóbal Colón, pero lamentablemente no es así.

Vivo en un continente que no sé quién lo descubrió. Parece ser que lleva toda la vida aquí. Si me remontase mil millones de años atrás, esta ciudad en la que vivo estaría llena de dinosaurios y vacía de coches, que contaminan con el humo que sale del tubo de escape. Pero como digo ni soy estadounidense, ni me gustan las hamburguesas, ni el kétchup, ni vivo en una casa rodeada por una cerca de listones de madera acabados en punta, ni puedo subir al desván, ni tenemos un garaje adosado a nuestra casa.

Mi nombre es Marcos, tengo casi once años y vivo en el valle del Ebro, en Zaragoza. *Saragossa* que dicen los extranjeros. Vivo con mis padres y mi hermana en un bloque de pisos y el garaje está debajo de la casa. Encima, como es costumbre, está el tejado y, en este preciso momento, una nube con la forma de Mickey. El cierzo sopla y la nube se va. Adiós, Mickey, adiós. Y recuerdos a Minnie, y a Pluto, y a Goofie...

Mi padre se llama papá y mi madre, mamá. O sea, Ricardo y Carmen. Suena como si fuesen unas estrellas del pop.

«Y ahora con todos ustedes, Richi and Carmen. Un aplauso para este magnífico dúo», diría un presentador micrófono en mano, corbata en cuello, peinado a raya.

Y es que cuando mamá canta, una alegre sonrisa adorna sus labios.

«Richi and Carmen, Carmen and Richi, me dejáis... por favor... sería posible...», dice mi hermana Marina cuando quiere salir con sus amigas o llegar más tarde de las diez.

«Se ha puesto maquillaje, se ha puesto maquillaje», digo yo por meter algo de cizaña.

«Tú te callas, que nadie te ha dado vela en este entierro».

«¿Qué entierro?, ¿qué velas?».

«Es una frase hecha, mocoso».

Y murmura algo que solo ella escucha.

Mocoso: que tiene muchos mocos. O también: dícese del niño o muchacho imprudente.

2

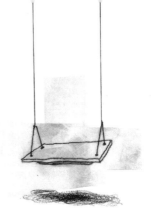

Un aterrizaje perfecto

Mi mejor amigo no vive aquí, tampoco en Estados Unidos, vive en Sevilla. Y aunque viva muy cerquita del Guadalquivir, en el barrio de Triana, no cecea. Se trata de mi primo Carlos. Es el hijo de mi tío Chema y de mi tía Covadonga. Mi tío Chema es geólogo. Ahora mismo está en una expedición científica. No sé de qué se trata, pero es muy importante. Está embarcado en el buque Hespérides, rumbo a la Antártida «para la realización de unas pruebas científicas fundamentales para el ser humano», como diría él mismo con esa voz que tiene de domador de tigres de Bengala.

A mi primo Carlos lo veo solo un par de veces al año.

A quien veo todos los días es a mi compañero de clase, a mi amigo Hanif. Él es tan español como yo, y su padre es tan ingles como el príncipe Carlos. Lo que ocurre es que sus abuelos eran de una ciudad del noroeste de Pakistán, de Gujrat. Su padre es escritor y guionista cinematográfico, es bastante famoso. Hace no sé cuántos años estuvo nominado para un Oscar por un guion que había escrito. Cuando Hanif me lo contó no me lo creía.

—Sí hombre... a nadie le dan un Oscar por escribir un guion —le dije. Y tracé con la puntera de una de mis zapatillas una raya sobre la gravilla.

—Pero qué burro eres. Un guion cinematográfico. Mi padre escribe lo que pasa en la película, lo que dicen los actores, cuándo se besan...

—Ah, ahora sí. ¿Pero se lo dieron o no?

—No, pero papa regresó muy contento de Los Ángeles —me dijo Hanif, sentado en el columpio, dándose todavía más impulso.

—Eh, cuidado Hanif que vas a salir volando —le alerté.

Pero mi amigo de origen pakistaní no me hizo caso y salió volando.

—Adióoooos, Marcos. Adióooooos.

Me quedé sentado en mi columpio sin saber qué hacer. ¿Debía esperar a que bajase? ¿Debía llamar a la policía? ¿Debía ir a su casa y decirle a su padre que su hijo había salido volando rumbo a un planeta desconocido? Saqué el cuaderno que siempre llevo conmigo y escribí las tres opciones:

Y añadí una cuarta:

Salir en su búsqueda.

Dibujé un cohete y me puse a los mandos. Antes de despegar debía ponerle un nombre a mi cohete: Brócoli.

Ahora, la cuenta atrás: 7, 6, 5, 4, 3, 2, 1, 0.

Y salí volando en busca de mi amigo Hanif.

¡Cuidado!

Tuve que realizar una maniobra. Un avión lleno de turistas japoneses salió de una nube con forma de nube.

—Aquí Brócoli 301. Le habla el comandante Marc. Cambio.

—Aquí Lechuga 222. Le contesta el piloto Hanif. Cambio.

—¿Dónde se encuentra? Repito, ¿dónde se encuentra? Cambio.

—Estoy entrando en la órbita de Saturno. Veo los anillos. Cambio.

—Piloto Hanif su situación es muy peligrosa. Si roza algún anillo la nave, y está usted dentro, se desintegrarán o algo peor. Cambio.

—¡No puedo hacerme con los mandos de mi nave! ¡El navegador de abordo se ha vuelto loco! ¡Voy a morir! ¡Cambio!

—Todavía no. Lo tengo en mi pantalla. Repito: lo tengo en pantalla. Gire su volante todo lo que pueda. Cuando diga la palabra «Kurkof» salte de la nave.

—Peor eso que nada.

—No ha dicho cambio. Cambio.

—Cambio.

—«Kurkof».

Hanif se puso de pie sobre el neumático que servía de columpio, se agarró a las cadenas y saltó. Fue un aterrizaje perfecto.

Este juego de las naves interespaciales solo lo hacemos si no hay nadie a nuestro alrededor. Si alguien nos escuchase, pensaría que estamos locos. Y no lo estamos.

—La próxima vez te toca saltar a ti, ¿vale? —me dijo Hanif.

—De acuerdo. Pero salimos del sistema solar. Ya estoy cansado de los anillos de Saturno.

—Vale, nos adentraremos en Andrómeda.

—Afirmativo, cambio y corto.

3

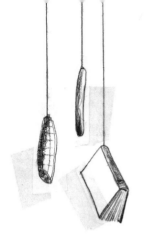

Patines de cuatro ruedas

En el colegio, en clase, Hanif se sienta delante de mí. Detrás está Lorena; Lorena es la chica más enigmática de la clase y también es la que más lee. A Lorena le trae sin cuidado lo que piense de ella el resto de la gente. Cuando sale de clase, acude a la biblioteca municipal que hay en nuestro barrio. Es un edificio viejo que han rehabilitado. Antes aquel edificio era un hospital psiquiátrico. La sección infantil está en la planta calle. Si subes a la última planta (la sala de estudio), se ven unas vigas de madera que sirven de armazón para el tejado. Da la sensación de que estás en una de esas casas de turismo rural. Solo falta un jamón, un chorizo y unas longanizas colgadas de las vigas. En esta sala de estudio siempre hay estudiantes hincando los codos.

Lorena me toca con el lápiz en el hombro. Acerca su cabeza a mi oreja y me dice en voz baja, por ejemplo: «La perdiz duerme en el trébol». O: «la cebolla es escarcha cerrada y pobre». Me encojo de hombros y no sé qué decir. Al principio giraba la cabeza, ella se llevaba el dedo índice a la boca y me sonreía. Ahora ya me he acostumbrado a sus arrebatos misteriosos.

Cuando me suelta alguna frase de estas la apunto en el margen del libro que tenemos abierto. Mis libros están llenos de frases que Lorena saca de no sé dónde. «Alondra de mi casa, ríete mucho». «Y luego llegará abril con sus lluvias a trombón». Y más.

Esto es algo que nadie sabe, ni tan siquiera mi amigo Hanif.

Lorena es algo más alta que Raquel, tiene el pelo más largo y su piel es mucho más clara. Raquel es algo más bajita, su pelo, más negro, le cae sobre la frente, y su piel es mucho más oscura. ¡Ay...!

Lorena vive con su abuela y con una tía. Sus padres fallecieron en un accidente de tráfico. Ella se salvó por los pelos. Era muy pequeña. Tan pequeña que no recuerda nada, ni siquiera si iban o venían. Lorena asegura que su abuela es la persona más buena del mundo. Que su tía también es buena, pero no tanto. Para su cumpleaños nos invita a una fiesta que prepara en su casa. La casa tiene dos alturas.

Me cuenta Lorena que su barrio es de los pocos lugares en la ciudad donde las casas son de dos alturas. El barrio se llama Ciudad Jardín. Junto al macetero hay una especie de trastero en el que guarda la bicicleta y los patines de cuatro ruedas, que le costaron los ahorros de todo un año. Enfrente, una caseta en la que duerme Almohadón. Sí, Almohadón. Ya sé que no es nombre para un perro, pero no se lo he puesto yo. Y es que, por lo que parece, Lorena, después del accidente de sus padres, ya instalada en casa de su abuela, se quedaba dormida en el regazo del perro, con la cabecita apoyada en el animal.

Esto es verdad, su tía le hizo fotos. En el pasillo hay una foto enmarcada preciosa, en blanco y negro, de Lorena con apenas dos años con los ojos cerrados y Almohadón a su lado, con los ojos abiertos, mirando a la cámara.

4

Un montaje de la NASA

Mi abuelo Daniel es de lo que no hay. Mi abuelo Daniel es el padre de mi padre y está jubilado. No tiene nada que hacer. Bueno, mejor dicho lo tiene todo por hacer. No para. Ahora está empeñado en demostrar que el hombre no ha pisado la Luna.

Corría el año 1969, cuando la nave Apolo XI alunizó. De los tres astronautas, solo dos bajaron de la nave: Buzz Aldrin y Neil Armstrong. Este fue quien dijo aquello de… «Un pequeño paso para el hombre y un gran paso para la humanidad». Entre los dos clavaron sobre la superficie lunar una bandera de los Estados Unidos que todavía tiene que seguir allí si es que no han construido apartamentos «a pie de Luna». Si el alunizaje se produjo el 20 de julio, cuatro días más tarde, el Apolo XI regresaba a la Tierra. Fue un éxito total. La nave se posaba en el océano Pacífico donde los esperaba un portaaviones de las fuerzas armadas. El acontecimiento fue retransmitido en directo por televisión para todo el mundo, en blanco y negro.

Pues bien, mi abuelo Daniel está empeñado en demostrar que todo aquello fue un montaje de la NASA, del Gobierno estadounidense. Pero no solo él, al parecer existe más gente que opina como mi abuelo. Pero él ha ido más lejos que todos los demás.

Hace algunos días, estaba merendando cuando sonó el teléfono. Dejé el bocadillo sobre la mesa y lo cogí:

—¿Diga?

—Hola, Marcos Mostaza. ¿Está tu padre?

—Abuelo sabes de sobra que papá no llega hasta las siete.

—¿Y tu madre?

—Sí, mi madre sí que está.

—Dile que se ponga.

—¿Sucede algo, abuelo?

—¿Que si sucede algo? Claro que sí. Me van a hacer una entrevista en la radio.

—¿A ti?

—Pues claro que a mí. A Daniel Mostaza. Investigador privado.

—¿Investigador privado?

—Anda no preguntes tanto y avisa a tu madre.

Me callé y le ofrecí el auricular a mi madre, que me preguntó con un gesto.

—Es el abuelo —le dije, tapando con la palma de la mano el extremo del teléfono por el que se habla.

Mi madre hizo un gesto de resignación.

—¿Sí?

—Carmen, que pongas la radio que me van a hacer una entrevista.

—¿La radio? ¿Una entrevista?

—Sí, ahora a las 18 horas y 25 minutos. Los de Radio Nacional de España. Me ha llamado una señorita muy amable y me ha dicho que les ha llegado mi documentación con mis investigaciones.

—¿Y?

—Pues eso, mujer, que quieren que se entere toda España. Oye que cuelgo. Ah, dile a Marcos que le mande un mensaje a su tía Covadonga para que estén a la escucha.

Mi abuelo colgó el teléfono y mi madre se encogió de hombros.

—Que le mandes un mensaje a la tía Covadonga diciéndole que sintonice (sí, empleó ese verbo) Radio Nacional de España, que van a entrevistar al abuelo.

—¿Pero qué va a decir?

—Imagino que será por lo de la Luna. Esa obsesión que le ha entrado por demostrar que el hombre no pisó la Luna. Qué sé yo.

5

Matrícula extranjera

En el sintonizador sonaba una ráfaga musical, las notas musicales dieron paso a una voz femenina:

—Son las 18 horas y 25 minutos de la tarde. Sintonizan «El tranvía», de Radio Nacional de España. Todos ustedes recuerdan aquella célebre frase del comandante Armstrong, el 20 de julio de 1969, cuando el hombre pisó la Luna: «It's a small step for man, but a great step for humanity» —dijo una voz grabada, con una calidad de sonido algo deficiente. La locutora continuó su presentación:

—Pues bien, un jubilado de Zaragoza cuestiona y argumenta que todo fue una mentira del Gobierno estadounidense. ¿Don Daniel Mostacho?

—Mostaza, señorita. Mos-ta-za.

—Perdón, señor Mostaza, usted está investigando, indagando sobre este asunto que ocurrió hace casi medio siglo.

—Así es, como usted dice.

—¿Y qué nos podría avanzar de su investigación?

—Pruebas irrefutables.

—¿Qué pruebas son esas? Si se puede saber.

—No entraré en disquisiciones sobre si las fotografías tomadas desde el interior de la nave y que repartió la NASA son auténticas o no. Aunque está claro que son totalmente falsas ya que las sombras que arrojan los actores contratados no guardan proporción con los cuerpos, ¿entiende lo que le quiero decir? Yo, Daniel Mostaza, sindicalista desde los más oscuros tiempos de la represión, voy más allá. Todo se trata de un montaje cinematográfico…

—Pero eso que usted dice es muy grave. ¿Tiene pruebas?

—¿Pruebas? Ustedes los periodistas solo quieren pruebas. Tengo argumentos sólidos como el Moncayo de grande, señorita. Lo que el Gobierno norteamericano nos hizo creer que se trataba de la superficie lunar no era otra cosa que el suelo de Remolinos.

—¿Remolinos?

—Sí, señorita, que parece usted tonta. Remolinos. Remolinos es un pueblo de la provincia de Zaragoza situado en la margen izquierda del río Ebro. En su iglesia parroquial se conservan cuatro lienzos pintados por… ¿quién diría usted?, por Goya. Y si le parece poco, este pueblo tiene unas importantísimas minas de sal. Pues bien, fue dentro de una de las minas donde se rodaron las escenas del paseo lunar.

—Pero eso que usted dice es muy gra...

—Grave, lo sé. Que parece que solo sabe decir eso. Aquí precisamente tengo a Mariano Zaldívar. Don Mariano fue la persona que abrió las puertas de la mina a los americanos. Se lo paso a usted. Pero no le atosigue con muchas preguntas. Don Mariano tiene ochenta y ocho años. Le paso el teléfono.

—¿Don Mariano Zaldívar? —preguntó la locutora.

—Sí, dígame —dijo una voz anciana.

—¿Es cierto lo que dice el señor Mostaza?

—Hábleme más alto que estoy algo sordo. Tengo 88 años. Si Dios lo quiere, el mes que viene cumpliré los 89. Y le digo que ni una vez en mi vida he perdido un día de trabajo...

—Señor Zaldívar. ¿Es verdad que usted abrió la puerta de las minas a los americanos? —preguntó la periodista elevando la voz.

—Como usted dice. Fue un 7 de julio. Lo recuerdo como si fuese hoy mismo. Era un domingo por la mañana. Llovía a todo llover. La mina «María del Carmen»...

—¿María del Carmen? ¿Me dice que la mina se llamaba así? —le interrumpió la locutora.

—Se llamaba y se llama. Como le decía, y no me interrumpa que a mis años se me va el santo al cielo, la mina «María del Carmen» estaba cerrada...

Tal vez la periodista no se estaba dando cuenta, pero el tal Zaldívar no era otro que mi abuelo.

—... Y como le digo, de la furgoneta salieron dos señores vestidos con unos trajes extraños, brillantes, parecían astronautas. Uno de ellos llevaba una bandera llena de estrellas...

—La bandera americana, imagino —añadió una voz masculina desde los estudios centrales.

—Una bandera, creo que sí que era la americana. La de Japón seguro que no. Tres hombres más sacaron unos focos, cables, más cables y unas cámaras de esas que usan los directores de cine.

Y mi abuelo se cansó de imitar la voz del tal Zaldívar.

—Bueno ya ha escuchado usted y toda España. Y ahora con su permiso tengo que acudir a una reunión muy importante.

Y así fue como mi abuelo Daniel no solo sorprendió a toda España, también sorprendió a toda mi familia.

6

Máxima rivalidad

Casualidades de la vida: mi hermana tenía que hacer un trabajo sobre el satélite de la Tierra. O sea, sobre la Luna.

Llegó a casa desesperada. Por tres razones, nos dijo: «porque en el grupo de trabajo les había tocado Hermelinda; porque se le había salido la tinta del bolígrafo y le había manchado el jersey; y porque no había sido convocada para el partido (mi hermana juega al baloncesto) más importante de toda la liga, el de la máxima rivalidad: el que tenían que jugar contra el equipo del colegio que tenemos justo pegado al nuestro y con el que compartimos pabellón deportivo, el Doctor Azúa».

—Así tendrás más tiempo para hacer ese trabajo —le dijo mamá.

—No te entiendo —le dije yo—. Deberías estar contenta. Muy contenta.

Mi hermana dejó el yogur en la mesa y me echó un vistazo de arriba abajo. Abrió la boca, pero me adelanté:

—Por varias razones; primera, porque podéis ir a casa de Hermelinda a hacer el trabajo y de paso os podéis bañar en la piscina cubierta que tiene su padre; segunda, porque el jersey que se te ha manchado es el más feo del mundo; y tercera... —y me callé de sopetón.

—¿Y tercera? —me preguntó con cara de pocos amigos

—No hay tercera.

—Pero ¿este chico es tonto? —le preguntó a mi madre. O afirmó.

Mi madre se encogió de hombros y movió la cabeza hacia un lado.

—¿Y se puede saber qué trabajo es ese? —quiso saber mamá.

—Pues uno sobre la Luna. Datos generales, fases, cómo influye en la naturaleza, en las mareas, qué es un eclipse, el efecto Plenilunio... No sé si llamar al abuelo. Como parece que lo sabe todo de la Luna...

En ese momento se abrió la puerta y aparecieron mi padre y mi abuelo.

—Que no padre, que no. No puede ir por ahí haciendo el tonto —decía papá braceando.

—¿El tonto? ¿A poner en evidencia al país más importante del mundo le llamas hacer el tonto? —preguntó mi abuelo.

—Eso no, padre. Pero imitar esa voz de...

—Zaldívar, Mariano Zaldívar.

—Zaldívar —repitió mi padre—. No puede ir inventando personajes como si fuera Carlos Latre y confundiendo a la opinión pública.

—Pero si Mariano Zaldívar existe, pero qué equivocados estáis los jóvenes —gruñó mi abuelo—. Lo que ocurre es que está muy mayor. Además, los del geriátrico no le dejaban salir. ¿Lo entiendes o no?

7

Impacto en la Luna

—Ese Daniel Mostaza que salió ayer en la portada del periódico es tu abuelo, ¿no? —me preguntó Hanif mientras se balanceaba a mi lado. Yo subía y él bajaba. Yo bajaba y él subía.

—Afirmativo, Lechuga 222. Para ser más exactos es el padre de mi padre. O sea, mi abuelo.

—Tu abuelo está como una regadera.

—Afirmativo, Lechuga 222. Para ser más exactos: como dos regaderas.

Los dos nos miramos como diciendo «qué se le va a hacer».

—Sabes, mi padre está terminando el guion para una serie de dibujos animados. ¿Y a qué no adivinas cómo se titula?

—Lo ignoro, Lechuga 222.

—Haz un esfuerzo. Piensa.

—*Impacto en la Luna* —le contesté.

Lechuga 222 se quedó con la boca abierta, dejó de darse impulso y me miró boquiabierto.

—¡Ostras!

—Ostras, ¿qué?

—Que lo has adivinado.

—No era tan difícil como tú te pensabas, Lechuga 222. Atención, Lechuga 222, voy a alunizar. Cambio.

—Yo sí que alucino, Brócoli 301. Cambio.

—Tengo en pantalla unas manchas oscuras, azuladas. Debe de tratarse del mar Tranquilidad. Veo huellas de botas. Aquí ha estado alguien. Mi abuelo está equivocado. Cambio —dije.

—Alguien se nos ha adelantado. No somos los primeros en pisar la Luna, Brócoli 301. No tiene sentido seguir con la Operación Cráter. Anulada. Repito: anulada Operación Cráter. Cambio. Arizona, Arizona, Arizona… —me alertó Hanif.

Peligro, alguien se acercaba. Arizona era la palabra clave.

—Pero se puede saber qué hacéis meciéndoos como si fueseis niños de seis años —nos dijo Lorena.

—Queríamos salir volando —le contesté antes de que Hanif abriese la boca y descubriera nuestro juego secreto de naves interespaciales.

—Pues casi lo conseguís. ¿Me acompañáis a la biblioteca o tenéis que seguir «volando»?

—Te acompañamos —contesto Hanif—. Además me viene de perlas ir a la «biblio» así podré buscar qué es un *lemming*.

—¿Un *lemming?* —preguntó Lorena.

—Sí, eso he dicho: un *lemming*.

—To *lemm* es un verbo. La terminación *ing* significa que estamos ante un gerundio —dije haciendo alarde de mis conocimientos de inglés.

—Qué verbo, ni qué *barbo*. El *lemming* es un bicho —afirmó Hanif.

—Sí, suena a bicho —dijo Lorena.

—Pues claro que tengo razón. Y si me dejáis os explico: ayer entré en el despacho de mi padre y eché un vistazo a lo que estaba escribiendo. Algo así como: «El molinero era un hábil imitador de animales del bosque. Podía imitar a una liebre, después a un *lemming* y seguidamente a un oso. A veces palmeaba con sus brazos imitando a la lechuza».

—Yo digo que es un bicho de cuatro patas —dijo Lorena.

—Yo digo que es un bicho de cuatro cabezas —dije levantando la barbilla.

Hanif y Lorena me miraron boquiabiertos. Lorena se encogió de hombros. Hanif dio un salto y se bajó del columpio. Yo también. Nos bajamos y seguimos a Lorena camino de la «biblio», camino de saber qué era un *lemming*.

8

Animales insólitos

—Por lo que parece es un simple roedor —dijo Hanif.

—Y pequeño —añadí.

—Pero mirar lo que pone aquí: «De vez en cuando, los *lemmings* se dirigen en masa a los acantilados y se lanzan, en auténticos suicidios colectivos» —leyó en voz baja Lorena.

—Claro. Ahora lo recuerdo. Lo vi en un documental en la «tele». Pero era mentira. Los *lemmings* no se suicidan. Según el documental lo que pasa es que, cada tres o cuatro años, estos animales realizan grandes migraciones. Atraviesan montañas, ríos, lagos y cuando llegan al mar se ahogan al confundirlo con un lago —nos explicó Hanif.

—Un poco tontos, ¿no? —dijo Lorena.

—Hay que ver lo que sabes de bichos. Eres un lince —le dije a Hanif, dándole unas palmaditas en la espalda.

—¡Chsss! —nos reprendió la bibliotecaria—. ¿No podéis hablar en voz baja? Estáis en una biblioteca.

Dejamos el libro *Animales insólitos* en su estante y nos acercamos a la única mesa que estaba libre. Lorena fue a una estantería y cogió un libro. Lo hojeó, se lo puso debajo del sobaco, miró alrededor y se unió a nosotros.

—Mirad —nos dijo, señalando con el dedo.

—Mirad, ¿qué?

—Esto.

Se trataba del recibo de préstamo que te da la bibliotecaria, donde figura la fecha de préstamo, la fecha de devolución y el nombre del lector.

—¿Qué le pasa? —preguntó Hanif.

—Al recibo no le pasa nada. Lee el nombre del lector —pidió Lorena.

—José Luis Urquía Lafuente —leyó Hanif.

—No entiendo nada —dije cogiendo el libro para mirar qué libro era aquel.

Lorena me quitó el libro de las manos y lo volvió a abrir por la página en la que estaba el recibo de préstamo.

—¿Sabéis? —e hizo una pausa como si nos fuese a decir la fórmula secreta de la Coca-Cola—. Todos

los libros que cojo de la biblioteca los ha leído antes
este chico —dijo, mostrándonos el recibo.

—¿Todos?

—Todos —afirmó con la cabeza—. Es mosquean-
te o no, colegas. ¿Y sabéis lo mejor?

Negamos con la cabeza.

—Pues que es muy guapo.

—¿Y tú cómo lo sabes? ¿Lo conoces? —preguntó
Hanif.

—Lo intuyó —dijo misteriosamente Lorena.
Miró su reloj, torció la cabeza y añadió—: venga, vá-
monos, se me ha hecho tarde.

—Eh, no puedes dejarnos así.

—¡Chsss!

9

Nueve velas

Aquella mañana de lunes me senté como cualquier otra en mi silla. Saqué el libro de Matemáticas de la mochila. En la esquina superior de la pizarra ya estaba la fecha del día; debajo: los días que quedaban para la gran fiesta de Carnaval: 3.

—Triángulo blanco sobre fondo de color blanco —me dijo Lorena acercando su boca a mi oreja. Todos los días me saludaba con una de sus frases enigmáticas. Y luego—: Casi llegas tarde.

—Luego te cuento —le dije, girando mi cabeza.

—He quedado con José Luis —me dijo.

—¿José Luis? ¿Qué José Luis? —le pregunté sin saber de qué me hablaba.

—José Luis, el chico de los libros.

—Silencio —dijo Jovita, sacó del bolsillo de su bata un folio que estaba plegado en cuatro y lo colocó sobre su mesa, desplegándolo—. Vamos a resolver este problema y luego os cuento algo que os puede interesar a todos —dijo mirando aquel papel.

Como no podía ser de otra manera, Sergio Casanova salió a la pizarra y terminó de resolver el problema matemático que había comenzado Jovita. Por lo menos no abrió la boca, y es que odio la voz de Casanova, con ese aire de niño sabio. Lo único que me gusta de él es su sitio: sentado detrás de Raquel. ¡Ay...! Si yo estuviera en su sitio podría contar los pelos de su melena.

«Treinta y ocho mil doscientos cuarenta», le diría asomando mi boca a su oído. Raquel no entendería nada. Sería como cuando Lorena me dice una de sus frases enigmáticas: «Que el mar azul recibe al río».

«Casanova es más presumido que un mapa». Esta frase no es mía, es de Rodrigo, el chico que está sentado a mi derecha, el pichichi del equipo, el que solo abre la boca para criticar a los demás.

El padre de Casanova es el dueño de una fábrica de galletas: «Galletas Casabuenas». En el envoltorio de las galletas rellenas de chocolate aparece una reproducción de la cara de su hijo. El ilustrador le ha dibujado unos mofletes que ni Caperucita Roja.

Su último cumpleaños lo celebró en un McDonald's. No invitó a nadie de la clase, ni a Lorien

Vigalondo que es más o menos como él. Solo invitó a sus amigos del Club Hípico. Pero, al parecer, según cuentan las malas lenguas, a la fiesta no se presentó nadie. Ni jinetes, ni amazonas, ni caballos. Nadie del Club Hípico. La fiesta de «cumple» por los suelos. Tuvieron que ser los propios trabajadores del restaurante de comida rápida los que le cantaron el cumpleaños feliz.

—*Happy birthday to you, happy birthday to you…*

Me imagino las nueve velas sobre una gran hamburguesa y los empleados quitándose la gorra roja, ayudándole a soplar las velas.

Como digo: a mí Sergio Casanova no me cae bien, lo siento.

10

Algo molesto

—¿De qué es hoy tu bocadillo? —le pregunté a Hanif ya en el recreo.

—De espaguetis.

—¿Con queso o sin queso?

—Sin queso, no me gusta. Espaguetis con tomate y algo de atún.

Y es que Hanif nos sorprende con unos bocadillos de lo más variado. No repite ningún día el mismo bocadillo. Y nunca lleva chorizo, salchichón, mortadela o jamón. Lleva, por ejemplo, revuelto de gambas con champiñones, o anchoas al papillote. Todos los bocadillos se los hace él, con la ayuda de la asistenta que trabaja en su casa. Hanif va para «MasterChef» junior.

Estábamos comiendo tranquilamente cuando se nos acercaron Lorena y Raquel. No sé por qué pero me puse colorado.

—Chicos, hoy es el día J. L. —nos dijo Lorena—. Y no hagas ruido al comer —amonestó a Hanif—. Pero ¿qué diablos es eso?

—Espaguetis, ¿gustáis?

—No, gracias. Ya solo te falta traerte un bocadillo de arroz tres delicias —dijo Lorena—. A lo que iba, he quedado esta tarde con José Luis.

—Y a nosotros qué nos importa con quien hayas quedado —dijo Hanif algo molesto.

—Ah, no queréis conocer al personaje misterioso —dijo Lorena.

—A mí no me mires —me defendí.

—¿Os acordáis del papelito de préstamo del libro de la biblioteca? —nos preguntó.

Afirmamos con la cabeza.

—¿Recordáis que os dije que todos los libros que cojo para leer en casa los ha leído antes ese chico? Pues le he llamado por teléfono.

—¡Quéééé!

—¿Cómo has conseguido su número?

—Buscando en un viejo listín telefónico. No hay tanta gente que se apellide así. Solo hay cuatro en toda Zaragoza. Y de esos cuatro, solo uno vive en nuestro barrio. Así que le llamé y hablé con él.

—¿Y qué te dijo? —le pregunté.

—Al principio no entendía nada, pero después se mostró muy amable. Así que si queréis conocerlo solo tenéis que pasar esta tarde por la «biblio». A las seis.

—Vale, de acuerdo. Yo voy —dijo Hanif, olvidándose de su enfado.

—Yo no puedo —dije—. Tengo que ir a cortarme el pelo. Lo siento, chicos.

—Bueno, qué se le va a hacer. Iremos nosotros tres. Pero, cuidado, vosotros dos —dijo Lorena señalando a Hanif y a Raquel— os tendréis que poner en otra mesa.

—¿Y cómo lo conocerás? —le pregunté justo cuando sonó la sirena. Era hora de regresar a clase.

—Llevará un libro bajo el brazo: *Veinte mil leguas de viaje submarino*.

—¿No eran treinta mil? —preguntó Hanif.

—No, esos eran los dálmatas —contestó sarcásticamente Lorena.

11

Unos ignorantes

Al día siguiente, mientras subíamos por las escaleras del colegio, Raquel y Hanif cuchicheaban ocultándose lo que hablaban con la mano. Lorena estaba más sería que un ajo. Algo había ido mal en su cita con el tal J. L.

Hanif se me acercó:

—No he visto un chico más feo en mi vida.

—Ilusiones de baja tecnología —me dijo Lorena aquella mañana, una vez sentados en nuestras sillas. Y ya no pude saber nada más. Tuve que esperar a la hora del recreo.

—Llevaba las uñas sucias —dijo Raquel.

Acto seguido me miré las mías: totalmente limpias.

—¿Y tú qué sabes? —refunfuñó Lorena—. Desde donde estabais vosotros era imposible que le vieseis las uñas.

—Lo vimos perfectamente —replicó Hanif—. Lo mismo que los granos: sesenta y nueve.

—Sesenta y nueve ¿qué? —pregunté confundido.

—Granos en la cara. Los conté —contestó Hanif.

—Y le faltaba un trocito de carne en la oreja izquierda —añadió Raquel.

Pasé los dedos por mis orejas. Intactas.

—Le mordió un perro cuando era pequeño —le disculpó Lorena, muy seria.

—¿Quién mordió a quién? —preguntó Hanif, ocultando la risa con la manga de su jersey. Y añadió, jocoso—: Y tenía una especie de cresta de pollo, justo, en el centro de la cabeza.

—Y le salía parte de la camisa por fuera de los pantalones.

—O sea, un autántico príncipe —dije.

—Sois unos envidiosos. Lo que os fastidia es que sea un chico culto. Os fastidia que se lea un libro por semana y vosotros uno por año. Ignorantes —dijo Lorena, arqueando las cejas, enfadada.

—Sí, tiene mucha razón, somos unos ignorantes —contestó Hanif. Y se marchó. Lo seguí.

—Espera, Hanif, afloja el paso.

—Esta Lorena es una engreída.

—Es el amor, Hanif. ¿Tú nunca has estado enamorado?

—¿Yo? ¿Quieres decir que si me gusta alguna chica de la clase?

—O de tu calle, o de tu barrio, o...

—No.

—¿Y Lorena?

—¿Te has vuelto loco? Anda, déjalo. Por cierto, ¿sabes de qué te vas a disfrazar para Carnaval? —me preguntó cambiando de tema.

Me encogí de hombros.

—Yo me voy a disfrazar de cocinero. Ya tengo el delantal blanco como la leche. Y el gorro me lo está

cosiendo la asistenta que viene a casa. Te podías disfrazar de pinche de cocina e íbamos juntos.

—¿De pinche? No, no me gusta. Me disfrazaré de.... de... peón.

—¿De peón de albañil?

—De peón de ajedrez, tonto. De esos que solo pueden moverse en una casilla hacia delante, avanzando en la columna en la que están situa...

—Mejor disfrázate de reina, por lo menos serás alguien —me interrumpió.

—Pues... creo que tienes razón.

12

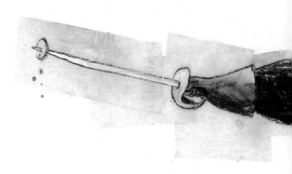

Miguitas de pan

El cielo estaba azul y despejado.

El patio del colegio parecía Hollywood. Cientos de personajes dispuestos a rodar una película. Espadachines, vaqueros, indios apaches, marajás, *geishas*, princesas...

El padre de Sergio Casanova, calvo como un queso holandés, había pedido permiso para instalar una torreta en el patio del recreo y grabar todo el desfile. Según le comentó a Jovita pretendía rodar un cortometraje con la intención de presentarlo a los premios Goya en el apartado Mejor Cortometraje de Ficción.

Hanif estaba resplandeciente con su traje blanco de cocinero. Si su gorro era poca pista para deducir de qué iba disfrazado, lo acompañó con una sartén. Dentro de la sartén había pegado un huevo frito de goma.

Lorena, al parecer aconsejada por el tal J. L., se había disfrazado del amor de don Quijote: de Dulcinea del Toboso.

Sergio Casanova, sorprendentemente, parecía el hijo del Zorro. La capa, el sombrero, el antifaz, las botas, la espada… Lo único que no parecía encajar era la galleta que su padre le había colocado estratégicamente en el extremo de la espada. Para darle mayor autenticidad, su padre había alquilado un poni que, sujeto a la valla, esperaba a su jinete.

Otro de los disfraces que me llamó la atención fue el de Jovita. Nuestra maestra había echado la casa por la ventana y había alquilado un disfraz de bruja de lo más espectacular que he visto en mi vida.

Jovita se paseó por el pasillo, justo en el momento en el que los más pequeños entraban en clase. Todos se echaron a llorar, todos menos un renacuajo disfrazado de Dartañán. Desenfundó su espada y le plantó cara.

Pero, sin discusión, la más guapa de todas era Raquel. ¡Ay…! Vestida de Blancanieves, con la manzana en la mano, sin los enanitos. Tan bien peinada, tan bella como la luz del día, con unas estrellitas de purpurina pegadas en las mejillas. ¡Ay…!

Por supuesto, nuestra clase ganó el premio. Todos los votos fueron para nosotros y eso que el poni en el que subió Sergio Casanova lo puso todo perdido de boñigas.

El padre de Casanova grababa y grababa material para su cortometraje. Lo más divertido fue cuando gritó con gesto solemne: «¡Corten!». Se calló hasta el aparato de música. Silencio total. El padre de Casanova se puso colorado como una remolacha.

—Usted, bola de billar —le dijo el director del colegio, ajustándose sus gafas bifocales—, deje de hacer el tonto. Baje de ahí y recoja todas las boñigas que va dejando el poni. Que parece Pulgarcito dejando miguitas de pan por el camino.

—Guau, guau —ladró Almohadón dando la razón al señor director. La perra se había colado en la fiesta, viéndolo todo desde la ventana de nuestra clase, junto con Jovita, la bruja.

Todos reímos, incluso el poni.

13

De misterio

No sé si os he dicho que Lorena tiene un hámster. Se llama Erizo y se lo regalamos por su cumpleaños. ¿Quiénes se lo regalamos? Pues Raquel (las chicas primero), Hanif y yo. A escote.

Hanif sacó su calculadora y dividió entre tres.

—A once coma seis seis seis seis seis... siete —dijo.

Cuando Raquel me preguntó qué regalo le podíamos hacer a Lorena, no me lo pensé dos veces y contesté que el mejor de los regalos era un perfume de esencia de flor de naranja. Hanif negó con la cabeza y dijo que él conocía de verdad a Lorena y que el mejor regalo era el último CD de Amaral. A lo que Raquel añadió:

—Qué equivocados estáis. Todos sabemos que Lorena tiene pasión por los libros, así que el mejor regalo, sin duda, es un libro. —Y torció ligeramente la cabeza.

—Un libro, de acuerdo, pero... ¿de qué? —le preguntó Hanif, con los brazos en jarras.

—Un libro... un libro para leer —se defendió Raquel.

—Ya, pero un libro ¿de qué? —insistió Hanif.

—Chico, no te entiendo. Los libros solo son libros.

—Lo que quiere decir —dije pasándole la mano por la cabeza a mi amigo de origen pakistaní— es que libros hay muchos: de ciencia ficción, de aventuras, de misterio, de fantasía, de miedo, históricos...

—O esotéricos —añadió Hanif.

—¿*Esoqué*? —preguntamos Raquel y yo al mismo tiempo.

—E-so-té-ri-cos. Son libros sobre fuerzas ocultas: magia negra, brujería, tarot, vudú...

No era la primera vez que escuchaba aquellas palabras, pero en boca de Hanif me resultaban totalmente nuevas.

—Pero ¿qué dices? Te has vuelto loco, ¿o qué? Para qué quiere Lorena un libro isotérmico —preguntó Raquel algo ofendida.

—Isotérmico, no. Esotérico.

—Bueno, como se diga —se disculpó Raquel—. Pero dime tú para qué quiere un libro de esos.

—Un momento, un momento, que no cunda el pánico —dije—. Reflexionemos: es el cumpleaños de Lorena y le tenemos que regalar algo, somos sus mejores amigos pero no sabemos qué regalarle. Hanif dice que un CD; tú, Raquel, aseguras que lo mejor es un libro; y yo sugiero un perfume. Pero, cuidado: un perfume de esencia de flor de naranja que, según escuché en la radio, es el que se pone Angelina Jolie.

—Tres regalos y tres cosas distintas —razonó Hanif—. ¿Qué os parece si llamamos a su casa y le preguntamos a su abuela, o a su tía?

—Muy bien pensado, chico. Tal vez en su casa haya dicho algo sobre qué le apetece.

—Aunque mejor que llamar por teléfono podríamos pasarnos por su casa —sugirió mi amigo—. Además, Lorena no estará. Hoy, y a estas horas, tiene clase de informática —añadió mirando su reloj.

—Hoy no tiene clase. Es mañana cuando va a la academia de informática —le rectificó Raquel.

—De eso nada monada. Va los martes y los jueves. Y hoy es martes. Ayer fue lunes y hoy es martes.

—Pero no es trece, señor mago Merlín. Tiene razón Hanif.

Venga, vamos a su casa —dije de mala manera, sabiendo que Raquel, a mí pesar, no tenía razón.

14

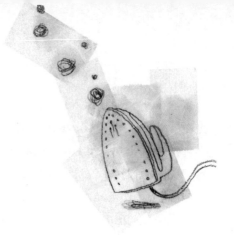

Somos nosotros

A pesar de la tarde algo fresca, la persiana estaba subida y la ventana del salón abierta. La abuela de Lorena planchaba y canturreaba una copla de esas que salen en las películas de «Cine de Barrio». A pesar de un martillo neumático que rugía en una obra cercana, se la escuchaba desde la calle.

Almohadón nos olió a trescientos metros y ladró en el momento que asomamos nuestras cabezas por la verja. Se puso a dos patas sobre la puerta y sacó su lengua rosada entre los barrotes.

—Tranquila, Almohadón, tranquila —dijo Hanif, que no termina de creerse que la perra es más inofensiva que un osito de peluche.

¡Rin, rin!

—Ya va, ya va... —contestó la abuela de Lorena. Y siguió canturreando—: «Él vino en un barco de nombre extranjero. Lo encontré en un puerto un anochecer cuando el faro blanco… na na na na rubio como la cerveza…».

—Somos nosotros, señora Josefina —dijo Raquel.

—Ya os veo, chicos. Almohadón, ¿quieres dejar ya de ladrar?, perra testaruda. Creo que habéis hecho el viaje en balde —dijo sonriendo—. Mi nieta no está. Los martes tiene clase de informática.

—Sí, ya lo sabemos —dijo Hanif, mirando a Raquel—. Por eso estamos aquí.

La buena señora se encogió de hombros y nos abrió la puerta. Almohadón aprovechó, se coló y salió a la calle.

Almohadón solo quería hacer pis cerca de su árbol preferido. Y así fue. Se paró en aquel gran tronco, ladró y se rascó al mismo tiempo. Orinó sin saber que su árbol preferido era un plátano de sombra.

—Pero no discutáis por esas cosas —nos dijo la abuela de Lorena, cuando estuvimos dentro de la casa, sin dejar de planchar—. Lorena es muy buena y se conformará con cualquier cosa. Lo importante es el detalle que vais a tener.

—Sí, eso ya lo sabemos —dijo Raquel. Y añadió—: Tenemos tres posibles regalos: un perfume, un libro y un CD.

—Un perfume de flor de naranjo, no cualquier perfume —dije yo.

—Bah, bah. Paparruchadas. Sin ser malos regalos no creo que ninguna de esas tres cosas sea lo que le haga verdadera ilusión a mi nieta.

Una vaharada de vapor salió de la plancha. La abuela de Lorena dejó el pequeño electrodoméstico de canto sobre la tabla de planchar. Miró a una esquina y dijo:

—El mejor regalo sería un hámster.

—¿Un hámster?

—¿Un hámster?

—¿Un hámster?

—Eso he dicho: un hámster. De esos que viven en una jaula.

Se acercó a un cajón, lo abrió, sacó un lápiz, una hojita de papel y, ante nuestra cara de sorpresa, la abuela de Lorena dibujó algo.

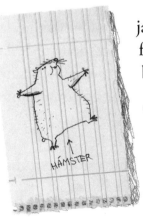

HÁMSTER

—¿Lo veis? Estos son las orejas, los ojos, las patitas y ya, por fin, la cola. Ah, me dejaba los bigotitos.

Y nos lo dijo como si acabásemos de cumplir tres años, como si nuestro libro preferido fuese *Kangu va de excursión*.

—¿Os apetece una manzana? —nos preguntó después de terminar el dibujo.

Raquel dijo que no con la cabeza, yo me encogí de hombros.

—¿Pelada o sin pelar? —preguntó Hanif.

15

Una bañera con hidromasaje

—Creo que han abierto una pajarería justo detrás de donde vive el más listo de la clase, Sergio Casanova —dijo Raquel. Y dijo el nombre de una manera que no me gustó nada, con cierto aire de película de amor.

—Pero si es una pajarería solo habrá, como su propio nombre indica, pájaros, no tendrán hámsteres, por mucho que la tienda esté detrás de donde vive el listo de Ca-sa-no-va. Propongo que compremos el hámster por Internet —dije.

—¿Internet? Tú te has vuelto loco, ¿cómo vamos a comprar un animal por ordenador? Hay que ver la mercancía antes de comprarla —dijo Hanif.

—Lo mejor será acercarnos a la pajarería. Estamos a menos de diez minutos. Y si tienen hámsteres compramos uno y nos lo llevamos. Sin más —sentenció Raquel.

La tienda era algo más grande de lo que parecía por fuera. Y había de todo. El dependiente, un muchacho de apenas veinte años, que se había cortado al afeitarse y llevaba todavía un trocito de papel de váter pegado a la barbilla, nos saludó con su mejor sonrisa y nos invitó, con un gesto, a recorrer la tienda de arriba a abajo.

Mientras Raquel y Hanif miraban y reflexionaban sobre este o aquel hámster, yo me entretuve contando los pájaros que había en aquella pajarería. Resultado: uno. Una isabelita del Japón de pico de color carne, inmóvil, que miraba una ventana entreabierta. El resto: cachorros de perros, gatos, conejos, tortugas, peces de colores y hámsteres muchos hámsteres. Más que una pajarería aquello era el «Todo Hámsteres».

Ni que decir tiene que salimos de la tienda con un hámster dorado (un *Mesocricetus Auratuis)* de pelaje anaranjado, denso, suave, de patas cortas y de cola pequeña y rechoncha.

También salimos con una jaula. Porque, claro, regalar un hámster envuelto en papel de regalo resultaba complicado. Así que tuvimos que «rascarnos» el bolsillo y comprar una jaula de dos pisos, con su casita de tejado a dos aguas, con su noria y sus correspondientes comederos. Solo le faltaba a la jaula una pista de *squash*, una bañera con hidromasaje y un microondas.

Antes de salir de la tienda, y aprovechando la continua amabilidad del joven dependiente, me atreví a preguntar:

—¿Cómo es que en el rótulo de la tienda pone pajarería y solo tienes un pájaro?

El muchacho se giró, me señaló una ventana pequeña, entreabierta y me contestó apenado:

—Han volado. Se han escapado esta noche. Todos menos ella (y señaló la isabelita del Japón).

—¿Y cómo es que no se ha fugado? —pregunté.

El muchacho cogió un bolígrafo y dibujo un huevo, un huevo pequeñito. Incluso dibujó una línea quebrada. El polluelo estaba a punto de salir.

—Está empollando —dijo. Suspiró y apretó la boca hasta formar una línea casi recta.

16

Me gusta mucho

—«Las olas son caricias que van y vienen» —dijo Lorena, enigmática como siempre y después, metiendo el dedo entre los barrotes de la jaula—: Erizo.

—¿Berizzo? Ese es un exfutbolista. Ahora es entrenador —dijo Sergio Abadía, el portero de nuestro equipo de fútbol sala, y que lo sabe todo sobre fútbol. Tanto le gusta que su gata se llama Marca.

—No, Berizzo no. E-ri-zo —le corrigió Lorena.

—Pero Lorena, esto no es ningún erizo. Yo no le veo las púas por ningún sitio. Esto es un hámster —dijo Hanif, señalando la jaula—. No me parece lógico llamarle así.

—¿Ah, no? ¿Entonces cómo le debo llamar «señor metomentodo»?

Quise taparle la boca pero no pude.

—Loreno —contestó Hanif con toda la naturalidad del mundo.

Todos nos echamos a reír.

Hanif se puso rojo como un tomate.

—Tu nombre era una auténtica tontería —le dije.

—Pues a mí me gusta más. Dónde va a parar. Creo que no me habéis entendido. Lo-re-no —repitió.

En aquel momento me di cuenta de lo tozudo que podía llegar a ser mi amigo Hanif.

—Votemos —propuso Lorena, siempre tan generosa—. Que levante la mano quienes estén a favor de Loreno (está claro que solo la levantó Hanif). Ahora que levanten la mano los que estén a favor de Erizo.

Ganó Erizo.

Hanif enarcó las cejas, hinchó los carrillos y dio una gran patada en el suelo.

Menos mal que la abuela entró con varias bandejas repletas de sándwiches, mini *pizzas*, pinchitos de diferentes cosas, pastelitos caseros... Con mucho cuidado las colocó sobre la mesa.

Al momento apareció la tía de Lorena, aquel día libraba en el hospital, con una bandeja con vasos de plástico y dos jarras: una de color blanco y otra de color anaranjado.

—Escuchad, chicos, chicas. Esta jarra de color blanco es leche de coco y esta otra es zumo de papaya.

La papaya tiene un alto contenido de calcio y favorece el proceso digestivo, y es rica en vitamina C, ya sabéis, la vitamina que refuerza el sistema inmunitario. El coco es rico en sales minerales y en fibra. Además tiene mucha vitamina E que protege a las células contra la oxidación.

—¿Y no hay Coca-Cola? —preguntó Sergio Abadía—. La Coca-Cola es muy rica en general. A mí me gusta mucho. Y mi abuelo la utiliza para quitar el óxido a los tornillos y las tuercas.

La tía de Lorena torció la cabeza y le lanzó una mirada que parecía decir: «Si tuvieses treinta años más, te retorcía el cuello, pedazo de zopenco».

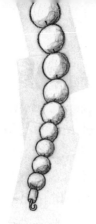

17

1040 euros

La tía de Lorena se llama Grace. Es enfermera jefa en una de las plantas del Hospital Clínico, no sé si de la quinta o la décima.

Según la propia Lorena, el nombre Grace lo puso de moda una actriz de los años cincuenta. Una actriz muy guapa que se casó con el príncipe de un país europeo muy pequeño de la Costa Azul. Así que de actriz pasó a princesa. Y de princesa a madre.

La abuela de Lorena era una verdadera admiradora de aquella mujer, había visto no sé cuántas veces todas sus películas. Así que no se lo pensó dos veces cuando tuvo a su primera hija (la tía de Lorena) y le puso de nombre, a pesar de las dificultades que tuvo en el Registro Civil, Grace. A la segunda de las hijas, a la madre de Lorena, que falleció en un terrible accidente de coche, le puso de nombre Reina. Y es que esa vez el secretario, o quien fuese, no le permitió inscribir a su segunda hija con el nombre de Princesa.

Casualidades de la vida o no, pero resulta que la princesa del pequeño país murió en un fatídico accidente de circulación en una curva que hasta Fernando Alonso hubiera tenido algún problema. Corría el año 1982. El coche, un Rover 3 500, también corría a más de mil. Se salió de la carretera y cayó por un terraplén. La tía de Lorena está soltera y, según su sobrina, nunca ha tenido suerte con los hombres. Nunca. Su último admirador le regaló un juego de escobillas de limpiaparabrisas. Cuando su tía abrió el paquete y vio las escobillas, le entró tal enfado que estuvo cinco días sin salir de su habitación. Encerrada.

«Dudaba si regalarte las escobillas o un juego de bombillas para los intermitentes traseros», se excusó el pretendiente, viendo como la enfermera Grace se levantaba de la silla y abandonaba el restaurante donde cenaban.

«Hay que cambiarlas cada año», se excusó el idiota. Y se pasó la servilleta por los labios.

—¿Cinco días encerrada?, creo que exageras un poco —dijo Hanif.

—Aunque únicamente fueran dos —dijo Lorena—. No creo que unos limpiaparabrisas sea el regalo apropiado para una mujer tan buena y tan guapa como mi tía. Con lo fácil que hubiese sido contentarla con un perfume de flor de naranjo.

Hanif y Raquel me miraron sorprendidos.

—Tú debías de ser una enana. ¿Cuánto hace de eso? —quiso saber Hanif.

—Cinco o seis. Pero me acuerdo perfectamente.

—¿Y un hámster, un hámster es un buen regalo para una chica como tú? —le pregunté.

—Sí, un hámster sí que lo es. Estoy segura que si aquel pedazo de burro le hubiese regalado un hámster, a mi tía no le hubiera entrado semejante enfado.

—Pero una cosa: ¿tenía tu tía coche o no? —precisó Hanif.

—¡Pero si no tiene ni carné de conducir! —dijo Lorena.

—Aquel tío era tonto. Si al menos le hubiese regalado un coche…

—Pues no dices tú nada —le interrumpió Raquel—. Con el dineral que vale un coche. Mi padre todavía sigue metiendo una moneda de dos euros en una hucha todos los domingos con la idea de, cuando esté llena, cambiar de coche.

—¿Hace cuánto tiempo está ahorrando?

Hanif me quitó la pregunta de la boca.

—No sé… —dudó Raquel.

—2 euros por 52 semanas que tiene un año hace un total de 104 euros, por diez años que esté ahorrando: serán 1040 euros. O cambia y mete un billete de 50 euros cada semana o se compra una bici.

18

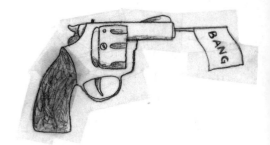

Lo descubriré

Cuando sonó el timbre de mi casa, dos llamadas cortas y una larga, supe que quien llamaba no era otro que mi abuelo Daniel.

Esta vez no venía solo, le acompañaba mi abuela Asunción. Mi abuela se había roto el brazo izquierdo y todavía lo llevaba en cabestrillo.

—¿Cómo vas, abuela? —le pregunté.

—Mejor, hijo, mejor. Y tú ¿cómo va el «cole»?

—Fenomenal, abuela.

—Hola, Marc Mostaza —me saludó mi abuelo, que se retrasó un poco en el rellano mirándose las suelas de los zapatos. Y se dirigió a la cocina como si ya no hubiese nadie más en la casa.

—Abuelo, mis padres no están en la cocina, están en el cuarto de estar —le dije.

—Ahora voy para allá. Voy a coger un biofrutas de esos tan buenos.

—Pero Daniel no te da vergüenza, podrías saludar primero —le recriminó mi abuela.

—¿Vergüenza? Estoy en casa de mi hijo. Tengo todo el derecho del mundo a mirar dentro del frigorífico y coger lo que me dé la gana. Son buenísimos. Deberías comprarme alguno de vez en cuando. ¿Quieres tú uno?

—Yo no quiero nada —contestó mi abuela.

—No te decía a ti, le decía a él. ¿Hace un «biofrutas», Marc Mostaza, de piña y coco?

—No, gracias. Acabamos de cenar. Y por si no lo sabías el coco protege a las células contra la oxidación.

—Entonces me tomaré dos.

Mi madre seguía sentada como si tal cosa. Desde que mi abuelo Daniel se presentó en casa, con unas gafas de bucear, explicando que había estado cortando cebolla y se había olvidado de quitárselas, nada le sorprendía ya de lo que hiciera o dejara de hacer. Mi padre se levantó, besó a mi abuela y se volvió a sentar. No terminó de sentarse cuando mi abuela comenzó a hablar mirando a papá:

—A ver si tú le puedes convencer, Ricardo. A mí no me hace ningún caso.

—Convencer ¿de qué? ¿No me querrá decir que otra vez se ha metido en algún lío? —Los ojos de papá eran dos bolas de acero sobre el rostro de mi abuelo que acababa de entrar en el cuarto de estar. Papá se rascó la nuca y miró a mamá. Mamá miró al techo. Nos temíamos lo peor.

—No es ningún lío —habló mi abuelo—. Ninguno. Me han contratado para hacer un trabajo y yo, como profesional que soy, lo tengo que llevar a cabo. Y por si acaso me he comprado esto —dijo sacando una pistola. Mi abuelo se puso en posición de tiro con el dedo en el gatillo y apuntó a mi padre.

—Pero quiere hacer el favor de apuntar a otro lado —salió de la boca de mi padre, levantando los brazos igual que si lo hubiera capturada el ejército rival.

—Pero qué haces, ¿te has vuelto loco? ¿De dónde has sacado tú esa pistola? —le preguntó mi abuela, que no daba crédito a lo que estaba viendo.

Mi madre se protegió la cara con un cojín.

—Es de fogueo. No está cargada y tiene el seguro puesto —dijo mi abuelo—. La he comprado para cumplir con mi próximo trabajo.

—¿Trabajo? Pero si usted está jubilado —dijo papá una vez recuperado del susto, yendo de un lado a otro de la habitación—. Usted lo que tiene que hacer es…

—Sí, lo sé. Lo que tengo que hacer es construir la catedral de Colonia con cerillas. Pero eso te lo dejo a ti para cuando te jubiles. Yo estoy fuerte como un roble y necesito acción. Y si tengo que descubrir al fantasma lo descubriré.

—¿Fantasma? —preguntó mamá.

—¿Fantasma, qué fantasma ni qué ocho cuartos? ¿Se quiere explicar de una vez? —dijo papá.

Y mi abuelo se explicó.

19

En la pizarra

«La primavera ha venido,
nadie sabe cómo ha sido».

Escribió Jovita en la pizarra, mientras terminábamos de sacar los cuadernos, los libros de las mochilas. Escribía y hablaba:

—Esto que estoy escribiendo es un pareado. Un pareado es una estrofa de dos versos. Un verso es cada línea de un poema…

Se giró y preguntó:

—¿Alguno sabe quién escribió esto?

Enseguida se alzó la mano de Lorien Vigalondo.

—Usted —contestó Lorien, que es el único que trata a Jovita de usted, desde la primera fila.

Todos reímos, hasta Sergio Casanova que no se ríe ni aunque venga el circo Universal a clase.

—Un momento… quiero decir que qué poeta escribió esta poesía que yo he copiado en la pizarra.

—Y la leyó en voz alta.

Me giré a ver si Lorena sabía el autor. Se encogió de hombros.

Sergio Casanova, como no podía ser de otra manera, quería empezar la mañana con un diez, levantó la mano y abrió la boca.

—Buenaventura Durruti —dijo majestuoso.

—¿Quién has dicho? —le preguntó Jovita, con los ojos como platos.

—Buenaventura Durruti —repitió.

—¿De dónde has sacado tú ese nombre? —le preguntó Jovita.

—De una calle —contestó Casanova. Y se sentó.

Jovita también se sentó.

—No, no es de Durruti. Es de Antonio…

—Banderas —se adelantó Lorien Vigalondo.

Jovita le fulminó con la mirada. Si hubiese estirado el brazo casi podría haberle dado un sopapo. Pero Jovita no es de dar sopapos, qué va.

—Antonio Machado —dijo Jovita— nació en Sevilla, en 1875. Es uno de nuestros mejores poetas.

—Ah, sí —dijo Sergio Abadía—. Mi madre tiene un disco con todas sus canciones o poesías, o lo que sean.

—Jo, pues, si no me fallan las cuentas, tiene más de ciento treinta años. —A Hanif siempre le gusta hacer este tipo de observaciones.

Lorena me tocó en el hombro, eché la cabeza hacía atrás.

—«Caminante no hay camino, se hace camino al andar» —me dijo al oído.

20

Cuénteme eso

Mi abuelo se quitó la chaqueta, sacó una cinta de casete de uno de los bolsillos y la agitó en el aire.

—Aquí está la verdad. Y la solución al enigma del fantasma.

Sacó la cinta de la carcasa y la metió en mi aparato de música.

—¿Cómo funciona esto? ¿Cómo diablos se abre?

—Deja, abuelo, un momento. Déjame a mí.

Metí la cinta y le di al *play*. Una voz desconocida, educada, tal vez algo apagada, con cierto acento francés comenzó a sonar.

«Al principio era como un peso sin forma. Un peso que me empujaba hacia abajo. Luego el peso se fue desplazando, adquiría forma. O tal vez no era una forma, pero era algo. Yo lo sentía. Era como si algo caminase a mi lado, a un metro de mí. Y lo más extraño era que me resultaba familiar. El aire comenzó a condensarse y la forma se fue convirtiendo en forma humana. Creo que un hombre, pero no estoy completamente seguro. Tenía los ojos abiertos y la cara sin expresión. Parecía una imagen de cera. Ya no me acompañaba cuando yo caminaba, estaba inmóvil. Tenía frío. Los árboles se inclinaban hacia un lado. Soplaba el cierzo. Quería escapar, pero no podía. La casa ejercía una poderosa atracción sobre mí. La casa estaba pendiente de mí. Nací en aquella casa, en el piso de arriba, en el dormitorio de mi madre, en aquella misma cama en la que ella murió y ahora estaba recubierta por una gran tela de araña. —Aquí la voz hizo una pausa—. Pasé mi infancia en aquella casa, hasta que me marché a estudiar a Madrid, ¿lo entiende?».

«Sí, creo que sí. Y dígame quién vivió en aquella casa, aparte de su madre». —El que le preguntaba era mi abuelo.

«Mi padre. Mi padre murió justo en el año que me fui. Mi padre era un hombre hosco, siempre recluido en sus negocios. Creo que tenía una amante (se sonó la nariz). En su funeral llovió más que nunca en la vida. Mi madre se quedó viuda. Los negocios de mi padre fueron de mal en peor y mi madre tuvo que alquilar habitaciones para poder seguir manteniendo la casa».

«Cuénteme eso. Mientras, si no le importa me voy a afeitar».

«Pero oiga...».

«Usted siga con lo suyo. Se está grabando todo. ¿Dónde guarda la crema de afeitar?».

«Señor Mostaza, permítame que le diga que no me parece serio».

«Deje de poner trabas y continué con lo que estaba diciendo. Ya buscaré yo. Se había quedado en lo de las habitaciones de alquiler».

«Bueno, sigo... Yo ya no estaba en casa. Lo poco que sé es por las cartas que me escribía mi madre, por lo que yo mismo veía en mis cortas estancias en las vacaciones. Pasaron docenas de huéspedes por la casa. Pero hasta eso se acabó. Al parecer un buen día apareció un inquilino muerto en su habitación. Se corrió la voz de que el palacio estaba encantado, embrujado. Alguien dijo haber visto una figura asomada a una de las ventanas, justo donde estaba la habitación del huésped fallecido. Recuerdo que un viejo amigo me mandó a mi domicilio de París un recorte de prensa donde se citaba la noticia (hizo un ruido algo desagradable con la boca). Me pregunto si el fantasma no me permite vivir en la casa en la que nací».

«Tiene toda la pinta. ¿Quién cuidaba de la casa cuando su madre falleció, algún familiar?».

«Al principio sí. Una prima segunda de mi madre se pasaba una vez por semana por el palacio, entonces quedaba a las afueras de la ciudad. Yo le mandaba generosos cheques. Pero un buen día me escribió diciéndome que era demasiado vieja, que las malas hierbas se comían el jardín y que si daba el vis-

to bueno un vecino suyo se haría cargo de la casa y del jardín. Como comprenderá me vi obligado a aceptar. Me mandó las señas y yo solo tenía que enviar cada dos o tres meses cierta cantidad de dinero, no mucha cosa. Un buen día recibí una carta sellada en Zaragoza, el nuevo guardián, llamémosle así, me solicitaba que le mandase el dinero al palacio. Ya estaría él al tanto».

«¿Cuándo fue la última vez que usted pisó la casa, me refiero a antes de su regreso hace algunos semanas?».

«Cuando falleció mi madre me quedé dos días en la ciudad arreglando papeles, desde entonces. Hace más de cuarenta años».

«Cuarenta son muchos años, ya lo creo. Si no estoy equivocado usted era hijo único…».

—Apaga, Marc. Me aburre este tío —dijo mi abuelo.

—¿Pero era o no era hijo único? —le pregunté a mi abuelo.

Mi abuelo afirmó con la cabeza.

21

Una placa de policía

—Pero, abuelo, a quién se le ocurre afeitarse en la casa de ese hombre. No es serio.

—Tu abuela no se acordó de comprarme cuchillas. Así que en algún sitio tenía que hacerlo. Pero dime, ¿qué te parece el asunto? —me preguntó. Se puso las manos debajo de la cabeza y miró al techo.

—No sé, abuelo. No creo que te sea de mucha ayuda. No entiendo de esas cosas. Creo que me falta experiencia —contesté.

—¿Pero tú crees en fantasmas o no? —me preguntó de sopetón.

Me encogí de hombros.

—Pues yo no creo en fantasmas. Ni con cadena ni sin cadena. Ni con sábana ni sin sábana. No creo en fantasmas, ni en extraterrestres, ni en que el hombre haya pisado la Luna. Y «sanseacabó».

En la calle, alguien intentaba, sin conseguirlo, poner en marcha un coche.

—¿Sabes lo que te digo? Este es el caso más sencillo que he visto en mi vida. Hasta tú sabrías resolverlo a poco que lo intentases.

Me rasqué la cabeza, desorientado. Aquello era un rompecabezas. Pensé en aquel puzle de 3000 piezas que le regalé a mi primo Carlos. Cerré los ojos y vi a mi primo colocando piezas y más piezas. Una de color carne que correspondía al torso de Ramsés I, una de rayas negras y amarillas que colocó sobre la cabeza del faraón, otra con una raya que correspondía al jeroglífico de la parte superior.

—Escucha —dijo mi abuelo. Volvió a meter la cinta en el reproductor y él mismo le dio hacia atrás y luego al *play*.

«… La cara sin expresión. Parecía una imagen de cera. Ya no me acompañaba cuando yo caminaba, estaba inmóvil», volvió a oírse. Mi abuelo apretó el botón para adelantar y:

»… Un vecino suyo se haría cargo de la casa y del jardín. Como comprenderá me vi obligado a aceptar el cambio. Me mandó las señas y yo solo tenía que mandar cada dos o tres meses cierta cantidad de dinero, no mucha cosa. Un buen día recibí una carta sellada en Zaragoza, el nuevo guardián, llamémosle así, me solicitaba que le mandase el dinero al palacio. Ya estaría él al tanto.

Mi abuelo paró el aparato, pero esta vez no sacó la cinta. Sacó una servilleta de bar, la desdobló y leyó un nombre:

—Dámaso García Poncela.

—No te entiendo, abuelo.

—Pues que este es el fantasma —dijo con aire satisfecho—. Dámaso es la persona que tenía que quedarse al cuidado del palacio. Tanto lo cuidó que se quedó a vivir allí. Y claro, cuando se le presentó el verdadero dueño del palacio, sin anunciar su llegada, no tuvo más remedio que recurrir a un sobrino suyo que es actor de teatro para hacer semejante pantomima.

Pero el sobrino fantasma no contaba con que Daniel Mostaza estaba detrás del asunto. Al fantasma, querido nieto, se le ha caído la sábana. Así que asunto resuelto, ¿qué te parece?

—Eres un hacha, abuelo. Pero ¿lo puedes demostrar? —le pregunté.

—Totalmente. Aquí (mi abuelo señaló la cinta nuevamente) tengo la confesión del buen señor. En el momento que le puse la placa de la policía nacional delante de los ojos, el hombre se derrumbó y lo confesó todo. Todo.

—¿Qué placa?

—Esta —y mi abuelo sacó una placa de policía.

—¿De dónde la has sacado?

—Ah, «se dice el pescado pero no se dice el pescador».

—Abuelo, un día de estos te vas a meter en un buen lío.

—¿Te parece poco lío la vida misma?

Me encogí de hombros.

—Abuelo.

—¿Qué?

—Es: «Se dice el pecado pero no el pecador».

—*Oquei*. Nunca te acostarás sin saber tres o cuatro cosas más.

Y se echó a reír.

22

Zumo de radio

Mamá es de esas personas que todavía muele el café en casa, en un molinillo eléctrico de los años setenta. Por lo que sea, desconfía de los paquetes de café ya molido. Un día le pregunté por qué dudaba del café molido que venden en los supermercados. Se encogió de hombros.

—¿Tienes miedo a que en uno de esos paquetes de café te puedas encontrar una uña de ratón? —insistí.

Ni una palabra como respuesta. No está bien que los padres, en este caso las madres, no contesten a las preguntas de los hijos.

Casi todos los sábados, por no decir todos, sin la preocupación de tener que ir a trabajar, sin prisas, mamá repite la misma operación: enchufa la radio que tenemos en la cocina y se pone a moler café. La radio no va a pilas, está enchufada a la corriente eléctrica. Giras una ruleta negra (clic) y la radio se pone en funcionamiento. Con la misma ruleta regulas la voz que sale de dentro.

La ruleta del dial de la radio no se pude mover: está estropeada. La línea que marca la emisora que quieres escuchar está clavada en el 105,2 de la frecuencia modulada. Así que de la radio de la cocina solo salen canciones y más canciones cantadas, todas, en castellano. Y, a las horas en punto, noticias nacionales e internacionales.

—Internacional —dice una voz a la que no pongo cara—. Un gran temporal fuerza a Holanda a cerrar los diques. Una potente tormenta en el mar del Norte amenazó...

Hace un par de sábados papá desenchufó la radio: «El petróleo y los tipos de cambio deslucen los pronosti...».

Yo estaba sentado en un extremo de la mesa. Mi hermana había madrugado y ya se había marchado a jugar el partido de los sábados. Jugaban contra las últimas. Estaba nerviosa porque el entrenador le había confirmado que iba a salir en el cinco inicial.

Papá desenchufó la radio y la desmontó. La radio en dos. Como las naranjas después del zumo. Zumo de radio.

—¿No puedes moler el café en otro momento? —se quejó a mamá del «bruuun bruuun» del molinillo.

Mamá dejó el molinillo sobre la encimera y se quedó mirando, expectante, cómo papá operaba la radio. Una operación a corazón abierto.

—Me pone nervioso el ruidillo ese —se excusó papá con un gesto amable.

Con la ayuda de un destornillador, papá operaba inútilmente. Aquello no era tan fácil como había imaginado. Nunca he visto que papá arregle nada. Todo lo contrario a mi abuelo Daniel. Mi abuelo Daniel sí que es un manitas. Hace nada arregló el filtro del lavavajillas, la cisterna del cuarto de baño, el timbre de mi bicicleta…

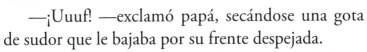

—¡Uuuf! —exclamó papá, secándose una gota de sudor que le bajaba por su frente despejada.

Mamá sonrió y me puso la mano en el hombro.

—¡Que me aspen si no arreglo esto! —se lamentó como si fuera el ogro de un cuento.

Pues lo deberían haber aspado.

Aspar: clavar en un aspa a una persona.

—Nada, que no hay manera —se quejó papá. Juntó las partes y la radio volvió a ocupar su sitio. Con un tornillo de menos.

A partir de aquella mañana el dial del transistor (así llama mi abuelo al aparato de radio) quedó clavado en el 105,2 de la FM.

Mamá terminó de moler. Echó un poco en la cafetera y la puso sobre el fuego. Pocos minutos después el aroma del café recién hecho inundó toda la casa.

Mamá rodeó con las palmas de sus manos la taza.

—Tengo frío —dijo.

—Yo también. —Y me arrimé a ella.

De la radio salía una canción de cuando ella era joven, de cuando conoció a papá. La canción no había terminado todavía cuando una voz muy seria dijo que muy pronto llegarían las noticias de las diez de la mañana, las nueve en Canarias.

—Que me aspen. Voy a continuar con mi cuadro que me falta poco para acabarlo. Soy mejor pintor que mecánico —se le escuchó decir a mi padre.

Mamá se llevó la taza a los labios y sorbió. Yo me llevé la mano al bolsillo y me guardé el tornillo que había sobrado de la operación a «transistor abierto». Se lo enseñaría a Hanif, el lunes.

23

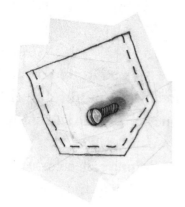

A un millón de kilómetros

Como todos los lunes, me costó levantarme de la cama. Pero me levanté, me aseé, desayuné y salí camino del colegio, con el tornillo en el bolsillo. Como todos los días, Hanif me estaba esperando.

—Buenos días, Marc. —Y bostezó.

—Buenos días, Hanif. Mira —le dije, sacando el tornillo, para enseñárselo.

—¿El qué?

—Esto.

—¿Te refieres al tornillo?

—Afirmativo. Me refiero a este tornillo. Pero no se trata de un tornillo cualquiera. Este tornillo me acaba de caer del cielo. Lo he pillado al vuelo. Casi me da en la cabeza. Así que debe de ser de un avión, de un cohete si no del Discovery.

—O de un OVNI, no te digo.

—No. No creo que un OVNI lleve tornillos. Me inclinaría por un simple avión comercial que va de una ciudad a otra.

—No sigas. Esta mañana, mientras desayunaba, he oído en la «tele» que se ha estrellado un boeing 737. Al parecer no se ha salvado nadie.

—Pues este tornillo es el responsable del accidente. No te quepa la más mínima duda —le dije a Hanif.

—¿Y cómo ha llegado hasta aquí, si se puede saber, eh? Y no te detengas a cada paso que llegaremos tarde.

—Pues por las corrientes de aire. Tú mejor que nadie sabes que un avión puede volar a más de diez kilómetros de altura...

—Querrás decir pies. A más de treinta y cinco mil pies de altura.

—Más a mi favor, Hanif. Pues a esas alturas, ya en la estratosfera, un tornillo como este es un juguete en manos de las corrientes de aire...

—Pretendes que me crea que ese tornillo se ha soltado de un boeing...

—Yo no me invento nada. Las cosas son así.

—No sigas, Marc. Me lo creo. Por cierto, ¿cómo lleva tu padre el cuadro que estaba pintando, ese que sale en su serie preferida de la «tele»?

—Ya casi lo ha terminado. Se ha pasado todo el fin de semana sin salir de casa.

—Igual que el mío.

—¿También tu padre ha estado pintando?

—No, qué dices. El mío ha estado todo el fin de semana en su despacho escribiendo. Tiene que terminar el primer guion para los americanos y está que no para. Con decirte que ni salió para ver los partidos de fútbol.

—¡Uuuuuf! Vaya marrón.

—Pues sí. Me he pasado el fin de semana más solo que la Luna.

—Se dice «más solo que la una», Hanif.

—Se dice «más solo que la Luna», Marc. Bueno, que da igual. Ha sido un fin de semana larguísimo.

Me ha dado tiempo de leer los dos libros que nos dijo Jovita y...

—No me lo digas. Has inventado un nuevo bocadillo. Chapata crujiente de perdiz escabechada con salsa criolla y...

—No, ¡qué va! Me refiero a que acabo de empezar a escribir un libro.

—¿Un libro?

—Como lo oyes. Mi primer libro.

—¿Y cuántas páginas llevas escritas?

—Páginas lo que se dice páginas... Mejor pregúntame cuántas líneas llevo escritas.

—Pues ¿cuántas líneas llevas escritas?

—Dos.

—¿Dos?

—¿Te parecen muchas?

—Me parecen pocas.

—Es que voy poco a poco. Además, comencé ayer por la tarde. Se me ocurrió mientras le subía la merienda a papá. Subía las escaleras y pensaba: «¿por qué no puedo yo escribir un libro?». Se lo dije a papá y no me contestó. Ni se giró. Siguió aporreando las teclas del ordenador. No sé que te parecerá a ti, pero no está bien que un padre no conteste a las preguntas de su hijo...

—No, no está bien. Y menos una madre.

—No te entiendo, Marc.

—Cosas mías —le contesté y seguimos camino del colegio sin despegar los labios, dándole vueltas y más vueltas al tornillo. De vez en cuando, Hanif me miraba serio. Sin duda alguna, estaba esperando a que le preguntase de qué iba el libro que estaba escribiendo, pero yo seguía dándole vueltas al tornillo dentro de mi bolsillo.

24

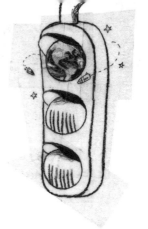

¡Hola, Lorena!

Nos detuvimos en un paso de peatones y Hanif se plantó delante de mí.

—¿Es que no me lo vas a preguntar?

—¿El qué?

—¿Cómo que el qué? ¡Que de qué va el libro que he empezado a escribir!

—¿El de las dos líneas?

—Bueno, ahora son dos líneas. Pero seguro que luego las siguen otras dos. Y luego otras dos. Y luego...

—¡Hola, chicos! —nos saludó Lorena sonriente, que como todas las mañanas, nos acompañaba en el trayecto final del camino.

—¡Hola, Lorena!

—¡Hola, Lorena!

—Qué cara más rara llevas, Hanif. ¿Has dormido mal?, ¿o es que no te gustan los lunes? —preguntó Lorena.

—Está enfadado porque no le he hecho una pregunta —dije.

—¿Y qué pregunta es esa? Si se puede saber, claro —preguntó Lorena.

—Antes deberías saber que nuestro amigo Hanif ha comenzado a escribir un libro —la informé.

—¿Un libro? ¡Oh, Hanif, eso es estupendo! ¿Y cuántas páginas llevas escritas?

—¡Jo, todos preguntáis lo mismo!

—¿Y qué quieres que te preguntemos? ¿De qué es el libro? Ya lo sabemos, Hanif —dije—. Te conocemos de sobra. Seguro que es de ciencia...

—De ciencia ficción —acabó Lorena.

—Jo, lo habéis adivinado —se lamentó Hanif, con algo de mal humor.

—No era tan difícil, Lechuga 222 —sin darme cuenta había desvelado su nombre secreto. Me mordí el labio.

—¿Lechuga 222? ¿Qué significa eso? —preguntó Lorena extrañada.

«¿Cómo has podido desvelar mi apodo secreto?», pareció decirme Hanif con una mirada llena de rabia. Menos mal que, a pesar de ser lunes, mi amigo reaccionó rápido:

—Oh, eso, lechuga... Lechuga 222. Va a ser el título que le voy a poner al libro. Hasta eso ha adivinado el listo de Marc.

—Pues como título me parece bastante malo —dijo Lorena—. Yo le hubiera puesto Brócoli. Y si hay que añadirle un número, el 301 es estupendo. Brócoli 301.

—¿Quéééé? —salió de mi boca de pato y tragué saliva. ¿Acaso Lorena conocía nuestro juego secreto?

—¿Y cuántas páginas llevas escritas, Hanif? —insistió Lorena, olvidándose por completo del asunto «nombres secretos».

Hanif le respondió lo mismo que a mí.

—Páginas lo que se dice páginas... Mejor pregúntame cuántas líneas llevo escritas.

—Está bien: ¿cuántas líneas llevas escritas?

—Dos.

—¿Dos?

—¿Te parecen muchas?

—Me parecen pocas.

—¿Queréis que os las lea, quiero decir, que os las diga? Me las sé de memoria.

—Vale —dijo Lorena. Yo me encogí de hombros. Hanif no podía ocultar su sonrisa.

—«Thomas despertó en una mañana tranquila. Miró por la ventana y pensó que la Tierra estaba todavía muy cerca. A un millón de kilómetros» —recitó Hanif, exagerando la voz—. ¿Os gusta?

—Bueno... —contestó Lorena.

—Como comienzo no está mal —dije sin dejar de darle vueltas al tornillo.

25

Puré de guisantes

Aunque no os lo creáis, me leí los dos libros que nos dijo Jovita dentro del plazo marcado. No todos lo hicieron. Sergio Abadía, Eloy, Lorien, Azahara, Patricia y alguno más leyeron solo uno. Y, como era de suponer, Sergio Casanova se leyó tres, uno de ellos de más de trescientas páginas. Qué tío.

De los dos libros que leí uno me gustó más que el otro. Por suerte el que me gustó más fue el último que me leí. El libro se titula *Puré de guisantes*. Os lo recomiendo. Y aunque va de un chico que está internado en un hospital a causa de un accidente, el libro es muy divertido. Bueno, el accidente no tiene nada de gracioso, pero el resto sí. Por ejemplo, tiene un amigo que se lo traga un reloj de cuco. Ese amigo, ahora no recuerdo cómo se llama, asegura que inventa cosas. También tiene un abuelo con las orejas demasiado

grandes que muy bien pudiera ser mi abuelo Daniel.
Bueno no tan «revoltoso». Pero, claro, abuelos como el
mío hay pocos. Y eso que ahora estamos de suerte: lleva unas semanas muy tranquilo. Solo se dedica a cosas
domésticas y nada peligrosas. Juega al dominó con los
amigos del barrio, le hace la compra a mi abuela, le
saca brillo a los cristales y la ayuda a tender la ropa.
Cuando tiende la ropa recién lavada, la sujeta con dos
o tres pinzas de plástico de colores. Pero no de cualquier color. Solo utiliza colores de banderas de países

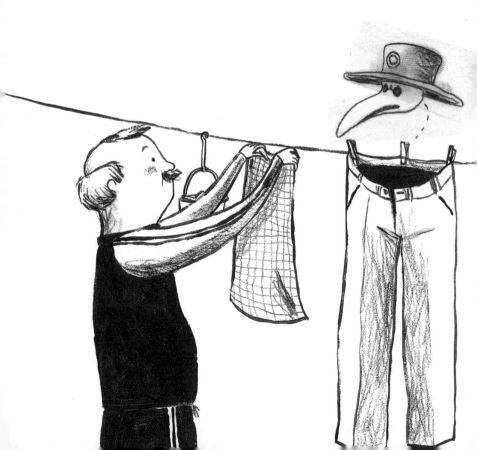

europeos. Así un jersey está sujeto con los colores de la bandera de Francia; un pantalón, con los de la bandera italiana; una camiseta, con la alemana; una camisa, con la belga; los calzoncillos, con la ucraniana...

Resulta curioso ver toda la ropa tendida. Cualquiera que no lo supiese solo vería un arco iris de colores que podría marear. Pero todo tiene su porqué. Incluso que los calcetines se sequen dentro de casa y no fuera.

—¿Qué país es ese, abuelo?

—Israel.

—¿Israel es un país europeo?

—Pues ahora que lo dices...

—¿Con qué países limita?

—Y yo qué sé —me contesta en un tono no muy amigable. Me contesta y sé que lo primero que haré al llegar a casa será mirar con qué países limita Israel.

—Adiós, abuelo. Me tengo que marchar. Luego te llamo. *Ciao*.

Dos horas mas tarde, desde el teléfono de mi casa, después de haber consultado Internet, después de haber leído que el Estado de Israel tiene poco más de sesenta años de antigüedad:

—Abuelo que soy yo.

—Dime, Marcos.

—Escucha: Israel, oficialmente Estado de Israel, es un país de Asia que se encuentra en la orilla oriental del mar Mediterráneo, en la región conocida como Oriente Próximo. Limita al norte con el Líbano, al este con Siria y Jordania, al oeste con el mar Mediterráneo, al suroeste con Egipto y al sur con el golfo de Aqaba (mar Rojo).

—¿Y qué?

—Pues eso, que ya puedes ir cambiando las pinzas de colores a tu jersey de pico. Israel no es un país europeo.

—De eso nada, monada. ¿Participa o no Israel en el festival de Eurovisión?

—...

—Vamos, contesta.

—No lo sé, abuelo.

—Pues yo sí lo sé. Participa. Y ganó en el año 79, claro que tú ni siquiera habías nacido. Consiguió 125 puntos. España se quedó la segunda. A solo nueve puntos. Además, ¿quieres que te diga los países del grupo E de clasificación para la Eurocopa de fútbol?

—...

—Inglaterra, Croacia, Estonia, Rusia, Is-ra-el y Macedonia.

—¿Macedonia?

—Sí, Macedonia.

—¿De frutas? Jo, qué países más raros tiene Europa, abuelo. Solo falta que me digas que Natillas limita al norte con Cuajada.

26

Daredevil

Raquel dice que hay noches de primavera que el olor del mar llega hasta su calle. Sostiene que el viento arrastra también el ruido de las olas. Hanif, con bastante mala leche, le contesta que él también huele a mar, sobre todo cuando pasa por la pescadería que está al comienzo de su calle. Sergio Abadía (me estoy empezando a mosquear) le llama idiota y se pone de parte de Raquel.

—Yo también oigo el ruido de las olas. Y el olor de la sal —asegura Sergio.

—Pero ¿cómo vas a escuchar el ruido de las olas si la playa más cercana está a más de doscientos cincuenta kilómetros? Ni que fueras Daredevil —le dijo Eloy Merlín, en el patio, en el recreo.

—¿No será el delantero centro del Lokomotiv de Moscú? —preguntó Sergio Abadía—. ¡Cómo va de cabeza!

—Tú si que te vas de cabeza. Daredevil no es ningún futbolista, es un superhéroe —le contestó Eloy.

—Un superhéroe ciego que... —dijo Hanif.

—Ciego, pero con sus otros cuatro sentidos super desarrollados —insistió Eloy.

—¿No son seis los sentidos? —preguntó Raquel—. Oído, vista, tacto, gusto, olfato y...

—Y nada. Son cinco los sentidos que nos informan de todo cuanto pasa a nuestro alrededor. Pues como os digo: Daredevil es ciego, pero sus dedos pueden leer por el simple contacto con la tinta impresa; también puede identificar a las personas solo por el olor que desprenden y es capaz de escuchar los latidos del corazón de una persona a una distancia de seis metros y saber si alguien le está mintiendo o no al escuchar los cambios del ritmo del corazón, y por si fuera poco...

—Y por si fuera poco sabe siete idiomas —le interrumpió Hanif.

—¡Qué dices! Daredevil es un implacable vengador de la justicia —remató Eloy, subrayando lo de vengador de la justicia.

—¿Y cómo es eso de que es ciego? Nunca había oído hablar de un superhéroe ciego —quiso saber Lorena.

—Ni yo —dijo Sergio Abadía.

—Pues por un accidente. De joven lo atropelló un camión...

—De pescado —Hanif estaba gracioso y con ganas de interrumpir.

—¡Qué pesados que sois! —se enfadó Eloy—. Si no queréis que os cuente qué pasó, me callo.

—Sigue, por favor —dijo Lorena.

—El camión iba cargado con un material radioactivo. Con tan mala suerte que un isótopo radioactivo salió volando del camión y chocó contra los ojos de Daredevil. Desde entonces se quedó ciego. Pero, gracias a las sustancias radioactivas que transportaba el camión, sus otros cuatro sentidos se sensibilizaron hasta el extremo...

—Hasta el extremo de escuchar el ruido de las olas —sentenció Hanif.

—Entonces, si no lo entiendo mal, ¿Sergio Abadía es un superhéroe? —dije.

—¿Yooooo?

—Tal vez —contestó Raquel.

Aquella respuesta no me gustó un pelo. Sonó la sirena y subimos todos para clase.

—El Diablo Atrevido —dijo Eloy camino de las escaleras.

—¿Qué has dicho?

—Que Daredevil, traducido al español, viene a ser algo así como El Diablo Atrevido.

—¡Aaah! Lo sabes todo, ¿eh?

—Casi todo.

—Pues ya me dirás qué es un isótopo, listo.

—Pues...

27

Después del primer lavado

Aquella tarde papá llegó a casa más cansado de lo habitual. Se quitó la chaqueta y la colgó sobre el respaldo de la silla. Metió un CD en el reproductor, le dio al *play*, subió el volumen y se dejó caer sobre el sillón, su sillón.

> *Vesti la giubba e la faccia infarina.*
> *La gente paga, e rider vuole qua.*
> *E se Arlecchin t'invola Colombina.*
> *Ridi, Pagliaccio e ognun applaudirá!*
> *Tramuta in lazzi...*

Papá acompañaba al tenor con los ojos cerrados. Qué mal cantaba, mi padre quiero decir.

Mi hermana y mamá no estaban en casa. Se habían ido a cambiar una chaqueta que había encogido diez tallas después del primer lavado. Los dos hombres solos en casa. Tres, si tenemos en cuenta al señor que cantaba.

—¿Puedes bajar un poco eso? —le pedí. O le grité.

—¿Qué dices?

—¡Que bajes un poco el volumen!

Pero nada.

Ah! ridi Pagliaccio,
sul tuo amore infranto!
Ridi del duol, che...

—Como me gusta este aria, tan sentimental, tan dramática —dijo mi padre cuando acabó.

—¿Puedo poner la «tele»? —le pregunté.

—¿Para qué? Se está muy bien así. ¿No te gusta esta música?

—No.

—¿Nooo?

—Sí, eso he dicho: no. *Ene, o.* Además, no entiendo nada de lo que dice.

—Es un fragmento de una ópera: el final del primer acto donde el payaso Canio descubre que su mujer... Es una historia de amor y celos en una compañía de cómicos ambulante. La escribió Ruggiero Leoncavallo.

—Perfecto. Leoncavallo. Que no «tigreyegua» —contesté—. ¿Puedo poner la «tele»? Igual sale Marina.

—¿Te refieres a tu hermana? ¿Han estado los de la televisión en vuestro colegio grabando algún partido de baloncesto?

—Qué va.

—¿Entonces?

—Tenías que haber visto cómo ha quedado la chaqueta que se compró con los ahorros de su hucha. La sacó de la lavadora y parecía la chaqueta de una muñeca. Ha salido por la puerta diciendo que iba a asesinar a la dependienta. La vendedora le había jurado que la chaqueta no encogía ni un tanto así.

—¿Encogió?

—Desapareció.

—Bueno... Así que tendremos movida, ¿no?

—Más que en el área.

—¿Más que en el área? No te entiendo.

—Pues más que en la canción que has puesto. La de la pelea entre cómicos ¿No me has dicho que se llamaba área?

—Área no, a-ri-a.

—Aaaah.

Y sonó el teléfono. Ring, ring, ring...

—¿Cuándo será el primer día que pueda escuchar al gran Caruso sin que nadie me moleste, cuándo?

28

El cielo de Neptuno

—Yo lo cojo —dije.

—Gracias, Marc. Estoy tan cansado que no podría ni llegar al teléfono. Ha sido un día terrible. A mi jefe no se le ha ocurrido otra cosa que pedir todos los balances trimestrales de comprobación de sumas de...

—¿Diga?

—Hola, Marc.

—¿Quién es, Marc? —quiso saber mi padre—. Si es tu abuelo dile que no estoy. O dile que estoy en una reunión de vecinos. O en el gimnasio, o...

—Es mi amigo Hanif. Hola, Hanif. Qué cosa tan rara que me llames a casa. ¿Ocurre algo?

—¿Ya has cenado?

—No, mi madre y mi hermana no están, y mi padre está tan cansado que...

—Oye, Marc, te voy a pedir un favor.

—...

—¿Me lo harás o no?

—Primero me tendrás que decir de qué se trata. Imagina que me pides que vaya mañana al colegio vestido de hombre rana. O que por ejemplo...

—Pero qué tontería estás diciendo. Escucha. ¿Recuerdas que te dije que había comenzado a escribir un libro?

—¿Ya lo has terminado? Qué tío tan rápido. Felicidades, Hanif.

—Qué más quisiera yo. Se trata de eso. Escribí dos líneas y ya no sé cómo seguir.

—¿O sea, que te has quedado bloqueado?

—Afirmativo, Brócoli 301.

—¿Y por qué no le preguntas a tu padre? Él es escritor. Él te podrá aconsejar mejor que yo.

—Es que no quiero.

—No quieres ¿qué?

—No quiero que papá se enteré de que estoy escribiendo un libro. Quiero darle una sorpresa.

—¡Aaah!

—¿Me ayudas o no?

—A ver si me acuerdo de esas dos líneas: Alguien...

—Ese alguien tiene un nombre: Thomas.

—«Thomas despertó una mañana tranquila. Miró por la ventana y pensó que la Tierra estaba todavía muy cerca. A un millón de kilómetros». ¿Es así?

—Perfecto, Brócoli 301. Tienes una memoria estupenda. Y ahora dime si se te ocurre algo.

—Lo mejor sería continuar con una pequeña descripción del tal Thomas. Por ejemplo, era un hombre alto, delgado, casi flaco..., casi flaco debido a una enfermedad.

—Perfecto. Pero ¿qué enfermedad?

—No sé, alguna. Mejor..., nos olvidamos de descripciones. A ver, seguimos: «El sol brillaba en el cielo azul. El aire de Marte...». ¿Te parece bien que tu protagonista viva en Marte?

—Sí, no. Casi mejor en Neptuno. Está más lejos.

—Pues Neptuno. Sigo: «El aire de Neptuno apenas se movía. Se calzó las zapatillas y se encaminó al cuarto de baño». ¿Qué te parece Hanif?

—Jo, estupendo. Sigo yo: «Desayunó y le entraron unas ganas terribles de estar de nuevo en la Tierra. Casi podía sentir el suelo de Londres. Se imaginó acostado en la hierba de un parque mirando al cielo azul...».

—«Pero solo se trataba de un sueño. Era imposible regresar a la Tierra. El próximo cohete no saldría...».

—Nunca.

—¿Nunca?

—Nunca, Marc. Nunca.

—Oye, Hanif, ¿estás apuntando en tu cuaderno lo que estamos diciendo?

—No.

—Pues deberías. Te dejo que entra mi madre por la puerta. Haz memoria, Lechuga 222. Hasta mañana.

Pi, pi, pi, pi.

29

Yo no tengo madre

—¿A ti cuántos besos te da tu padre? —me preguntó Hanif camino del colegio.

—¿Mi padre o mi madre?

—Tu padre. He dicho tu padre.

—Pues... cuando regresa del trabajo por las tardes me da uno. Y hay mañanas que, cuando se va, entra en mi habitación, y si todavía estoy dormido, me da un beso en la mejilla.

—¿Y tú cómo lo sabes si estás dormido?

—Es que no estoy dormido. Me hago el dormido. Pero para besos los que le da mi vecina a su hijo. Pero ¿por qué me lo preguntas?

—Pues porque mi padre apenas me da besos. Solo cuando se tiene que ir de viaje o cuando regresa de alguno de ellos.

—No sé qué decirte. Creo que existen padres a los que les cuesta. Es más fácil que te dé un beso una madre que un padre.

—Sí, eso es lo que yo he pensado. Pero, claro. Yo no tengo madre.

—Claro. Es una pena.

—Sí, es una pena.

—Oye, igual es que te quiere mucho, mucho y no se atreve a demostrarlo.

—Igual. ¿Tú crees que se puede querer a una persona mucho, mucho? ¿Tú piensas que puede haber un exceso de amor?

—¡Uuuuuf! No sé. Qué preguntas más raras haces a estas horas de la mañana, Hanif. No tengo respuestas para esas preguntas. Lo que sí creo es que el Leganés bajará a segunda división.

—¿El Leganés? ¿Qué tiene que ver el fútbol con lo que te estoy diciendo?

—No sé. Por decir algo. No querrás que te conteste que cuando llegues a casa esta tarde, subas al despacho de tu padre, cierres la puerta y, mirándole a los ojos, le preguntes si te quiere y si te quiere por qué no te da más besos.

—Sí, claro. Tendré que quererlo tal y como es. ¡Oye!, ¿no es aquel tu abuelo?

—¡Abuelo, abuelo! —le grité desde el otro extremo de la calle—. ¿Adónde vas a estas horas?

—¡Hola, Marcos! Voy a la biblioteca.

—¿A la biblioteca? —pregunté extrañado.

—Exacto. A la biblioteca, con *b* alta. ¡Oye! —me gritó desde la otra acera—, tú tienes Internet en casa, ¿no?

Afirmé con la cabeza. Mi abuelo sonrió y se alejó lentamente. Sin mirar atrás.

—¡Qué raro!

—Sí, Marc. Tu abuelo es un tipo muy raro. Seguro que colecciona mariposas o algo así.

—No sé qué tiene de raro coleccionar mariposas. Lo raro sería coleccionar gallinas, o huevos de gallina.

—Si tú lo dices.

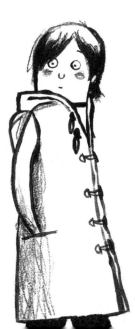

30

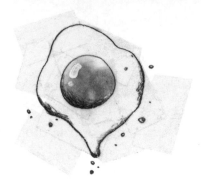

Tan amarillo

—«En la Luna la yema del huevo frito es de color blanco» —me sopló al oído Lorena, nada más sentarme en mi silla.

Y me vino a la cabeza aquella vez que papá no se acordó de comprar leche, que todos los yogures que había en la nevera eran de esos que ayudan a regular el tránsito intestinal. Y mi tránsito intestinal era el correcto. Así que decidí desayunar un huevo frito. Nada de cereales, ni de cruasanes, ni de magdalenas. «Quiero un huevo frito», le dije todo decidido a mi madre. La cocina comenzó a oler a aceite hirviendo. Mi madre rompió el huevo en un plato y luego lo dejó deslizar sobre el aceite. El aceite comenzó a saltar y el huevo a dorarse. Se tarda más en escribir la receta de cómo freír un huevo que en freírlo. Para freír un huevo necesitaremos: aceite de oliva, huevo, sal y una sartén. Echaremos en la sartén, no muy grande, dos dedos de aceite de oliva. Lo calentaremos hasta que humeé. Entonces cascaremos el huevo y lo verteremos sobre la sartén, echando una pizca de sal. Con la espumadera, empujaremos un poco de aceite por encima de la clara esperando a que coja el color que más nos guste. Uno o dos minutos. Lo que os digo: es más rápido freírlo que explicar cómo. Pues allí me quedé yo saboreando la yema del huevo frito que me hizo mi madre aquella mañana del curso pasado. Mojando pan y más pan en aquella yema. Yo mojaba el pan y las manillas del reloj avanzaban. Mi madre y mi hermana hacía rato que se habían marchado. «No te esperamos», me había dicho mi madre. Cuando se acabó el pan me di cuenta de la hora que era. Tardísimo. No me pude acabar el huevo. Allí se quedó. Tan amarillo.

Cuando llegué al «cole» las puertas estaban cerradas. El conserje abrió la puerta y me dijo que me limpiase la comisura de los labios. Aquel día aprendí el significado de aquella palabra. Subí las escaleras sorprendido por el silencio que se respiraba a aquellas horas en el colegio. Llamé a la puerta y Jovita dijo: «Adelante, ¿qué ha pasado, Marc?». Y lo expliqué con pelos y detalles. Todos reían. Hanif, Raquel, Lorena, Sergio Abadía, Sergio Casanova, Lorien Vigalondo, Rodrigo, Patricia, Mónika con k...

—En la Luna la yema del huevo frito es de color blanco —me repitió Lorena.

—Sí, ya me lo imagino —le dije girando la cabeza. Y suspiré. Como todos los días, Lorien había escrito la fecha en la esquina de la pizarra. Alguien había añadido la tilde sobre la *e* de miércoles con una tiza de color azul. Como todos los días, pensé: «Ni sábado ni domingo se escribirán nunca en la esquina de la pizarra».

31

Curioso, ¿eh?

No había nadie en casa. Quiero decir que ni estaba mi padre ni mi madre ni mi hermana. Estábamos yo y mi abuelo. Y los muebles y los electrodomésticos y el aloe vera que crece en la maceta de barro que nos regaló tía Laura…

Yo estaba en la cama con unas décimas de fiebre. Me dolía la garganta. Mi abuelo, sentado en el borde de la cama, con las manos en las rodillas, no dejaba de hablarme:

—¿Te he contado alguna vez que mi bisabuelo casi se hizo rico vendiendo unos polvos mágicos que acababan con las pulgas?

—Unas treinta veces, abuelo. Se trataba del polvillo de unas flores que crecían a la orilla del camino y que el bisabuelo dejaba secar debajo de la ventana. Casi acaba en la cárcel.

—Ya. ¿Y cuando se hizo pasar por el gobernador de la provincia de Almería y se hartó de comer buñuelos en una lujosa fonda?

—Unas cincuenta veces —le contesté. Mi abuelo torció la boca. Y como si hubiese encontrado el gen responsable del sentido común, me dijo:

—Pero ¿a que no sabes por qué los murciélagos duermen boca abajo?

—¿Los murcianos? No sabía que los murcianos durmiesen boca abajo, abuelo.

—Qué murcianos ni qué leches. Los murciélagos. Me refiero al único mamífero capaz de volar y ver en la oscuridad de la noche. ¿A que no sabes por qué duermen boca abajo? —insistió.

—Yo también duermo boca abajo... Mira —me di media vuelta y me hice el dormido. Incluso ronqué un poco.

—Sí, duermes boca abajo, pero no vuelas.

—Pero veo en la oscuridad de la noche.

—¿Que ves en la oscuridad? ¿Cómo es eso, Marcos?

—Enciendo la luz —le dije sin saber de dónde me salían las ganas de hacerme el gracioso.

—¡Bah! Estoy hablando completamente en serio. Los chicos de ahora no tenéis idea de nada. Sois unos analfabetos. Todo el día jugando a los videojuegos... Tendrías que saber que hay más de mil especies de murciélagos en todo el mundo, que en España están protegidos por ley, que a pesar de...

—De acuerdo, abuelo. Pero ¿por qué duermen boca abajo? —le pregunté intrigado. Mi abuelo frunció el entrecejo y adoptó una expresión seria.

—No hay una única respuesta, querido nieto —dijo con voz de presentador de informativos—. Tiene que ver con la evolución de la especie. El colocarse boca abajo les posibilita acceder a lugares inalcanzables para otros predadores, también les permite estar a todos muy juntos consiguiendo cierto control de la temperatura ambiental... Estando boca abajo pueden salir del grupo en el que están durmiendo con solo destrabar los dedos y abrir las alas...

—O sea, que no es por llevar la contraria.

—Nada de eso. Ya te he dicho: tiene que ver con la evolución de la especie. Algo de lo que sabía mucho un tal Darwin. Y para que lo sepas todo: el verbo correcto es perchar. Los murciélagos perchan, Marcos. ¿Y sabías que los perros dálmatas, esos de las manchas, al nacer no tienen ni un solo lunar?

—...

—¿Y que hay una raza de perro que no ladra?

—...

—Se trata de una raza muy rara natural de la región central de África utilizada para la caza y el rastreo. No es que sean mudos, simplemente no ladran. Cuando están contentos emiten leves aullidos. Curioso ¡eh?

—...

—Se llaman Basenji.

—...

—Tienen la cola enroscada sobre la espalda. Así.

—Pues sí que sabes cosas, abuelo.

—De algo me tiene que servir pasarme tantas horas metido en la biblioteca pública. Hay unos libros estupendos. Y todos gratis. Un chollo.

—Por eso pasas tantas horas allí, ¿no?

—Por eso y porque quiero participar en uno de esos concursos de televisión de preguntas y respuestas. Me he propuesto dejaros una buena herencia.

—¡Ah! ¿Y qué sabes de tortugas, abuelo?

—Que son reptiles, que tienen un tronco ancho y corto, con un caparazón que les protege los órganos internos del cuerpo...

—Que son lentas...

—También, sí.

—¿Y que hay una especie que tiene las orejas rojas?

—Sí, claro. Y otras que tienen los labios azules. ¡Cómo sois los chicos de ahora! Todo el día jugando a...

—A la PlayStation.

—¡Qué lástima! Deja que te vea la garganta, anda.

—¿Por fuera o por dentro?

—Abre la boca y no hagas el tonto, que ya veo que vas mejor.

32

Me tenías que haber visto

—Un poco más, Marcos —dijo mi abuelo arqueando las cejas.

—¡Aaaaaaaaaaaaaaa!

—Yo no veo nada. ¿No estarás haciendo cuento para no ir a clase, Marcos?

—¡Abuelo! Si me encanta. Además, tengo un montón de amigos.

—¿Cómo se llama ese chico bastante moreno que te acompaña todos los días camino del «cole»?

—¿Hanif?

—Sí, ese. Ese nombre no es de aquí, ¿no?

—Es de Pakistán. Sus abuelos y su padre son pakistaníes. Pero su padre solo vivió allí unos meses. Su familia emigró a Estados Unidos y luego a Inglaterra. Sus abuelos viven allí.

—¿Y su madre?

—No lo sé, abuelo. Hanif vive solo con su padre. De su madre no sé nada. Sé que Pakistán es un país del sur de Asia, que limita con India, Irán, Afganistán y China y que la capital es Islamabad.

—A lo mejor está muerta —me interrumpió mi abuelo apoyando la mano en mi hombro.

—¿Su madre?, ¿la madre de Hanif muerta? No, me parece que no. Creo que se fugó, que los abandonó cuando Hanif todavía no sabía andar.

—A mí tu abuela también me abandonó. Se marchó una tarde con sus amigas a tomar té con pastas. Lo malo es que después del té, vino la pasta.

—Las pastas, querrás decir.

—No, no. La pasta. La pasta que se dejó en el bingo. No se les ocurrió otra cosa mejor a tu abuela y a sus amigas que entrar en un bingo. Nada, no cantaron ni una maldita línea. Con lo fácil que es cantar. Y luego se fueron a cenar. Yo, mientras en casa, abandonado como un perro que no sabe ladrar. Sin consuelo ninguno...

—Abuelo, creo que no estamos hablando de lo mismo. No se puede comparar una cosa con la otra.

—Pero mi abuelo no me escuchaba. A lo suyo.

—... tu abuela regresó de madrugada. La radio ya había comenzado el parte de las diez. La Luna era grande y amarilla. Las tripas me rugían. Casi me desmayo. Estuvimos más de tres días sin dirigirnos la palabra... ¿Y la chica? —me preguntó de repente.

—¿Qué chica?

—Esa chica de pelo algo largo, piel clara... Esa que vive con su abuela y su tía.

—¿Lorena?

—Lorena será. Es un nombre muy bonito. Es guapa ¿eh?

—...

—A tu abuelo le puedes decir la verdad. Sabes de sobra que no diré nada de nada. ¿Es tu novia?

—¡Abuelo, que solo tengo casi once años!

—Por eso mismo. Yo, a los once años, ya había bailado con más de cien chicas. Me tenías que haber visto. Tenía una sonrisa que las cautivaba al momento. Se me acercaban con un brillo extraño en los ojos. Siempre sabía lo que me iban a decir. Me acuerdo que estaba a punto de cumplir los catorce años cuando se me acercó una chica que no sé qué demonios hacía en el pueblo. Era pelirroja. Tenía un brillo radiante en el fondo de sus ojos azules... Una cara preciosa. Y qué muslos.

—¡Abuelo!

—¡Qué tiempos aquellos! Fue mi primera novia. La podría reconocer entre un millón... —Mi abuelo guardó silencio unos segundos—. ¡Qué tiempos! En fin... Me gusta esa chica: Lorena. ¿Así que es tu novia?

—¡Abuelooo, Lorena no es mi tipo! —dije. Y tragué saliva: me dolió al tragar. Sentí la fiebre. Ciento y pico grados. Cerré por un momento los ojos y pensé qué estaría haciendo Lorena en ese mismo momento, en clase, sentada detrás de mi pupitre vacío, viendo mejor que nunca la nuca de mi amigo Hanif. Soltándole una de sus frases: «La cebolla es escarcha cerrada y pobre». Y Hanif, de espaldas a ella, a punto de girarse, pestañeando como un tonto, sin entender nada.

Yo pensaba en eso y mi abuelo no dejaba de hablar.

—... Yo creía estar enamorado de aquella chica, Marcos. Cuando terminó el verano estaba desesperadamente seguro. No te vayas a pensar que utilizo la palabra «desesperadamente» así como así. Tu abuelo

estaba más enamorado que un príncipe. La podría reconocer ahora mismo. Aquellos ojos... ¿Me oyes, Marcos? ¡Vaya, se ha quedado dormido! Estos chicos de ahora que ni se enamoran ni nada. ¡Baah!

Sus palabras cada vez eran más lentas. Un zumbido en mis oídos. Cerré los ojos, poco a poco. Me dormí. Boca abajo, como los murciélagos, o como los murcianos... zzz...

33

Pues tienes que acordarte

—¿Qué te pasó ayer que no viniste? —me preguntó Hanif nada más verme al día siguiente.

—¡Aaaaaaaaaaa! —dije abriendo mucho la boca.

—A ¿qué?

—Me dolía la garganta. Tenía algo de fiebre y mi madre prefirió que me quedase en casa, con mi abuelo.

—Mi padre, cuando le duele la garganta, se toma una infusión de tomillo y eucalipto con miel y limón.

—Pues yo me tomé fiesta.

—Mucho mejor. Pero es que mi padre no se puede tomar fiesta así como así, como es trabajador autónomo...

—Mi madre me dio una aspirina efervescente y me untó una especie de pomada en la garganta. Luego me anudó un pañuelo alrededor del cuello. Estuve con el pañuelo todo el día. Me lo he quitado esta mañana al salir de casa. Todavía me huele el cuello a hierbas aromáticas. Huele, huele... —Incliné el cuello y mi amigo se acercó lo suficiente.

—¡Puáj! Huele a cebolla podrida —dijo Hanif poniendo cara de asco.

—Pero mira que eres. Si huele a menta, a bosque...

—Y a sendero de Vía Láctea, no te digo.

Los dos guardamos silencio. Una paloma correteó delante de nosotros moviendo el cuello mecánicamente. Parecía que le habían dado cuerda. Cuando le dimos alcance levantó el vuelo y desapareció.

—Ah, que no me acordaba —dijo Hanif de repente—: no solo faltaste tú a clase. Faltaron todos los de la primera fila.

—¿Todos?

—Afirmativo, Brócoli 301. Lorien, Eloy Merlín, Patricia, Azahara y Mariona.

—¿También les dolía la garganta?

—Negativo, Brócoli 301. Un virus, según nos dijo Jovita.

—¿Un virus?

—Eso he dicho. Un virus.

—Un virus selectivo, por lo que veo.

—Afirmativo, Brócoli 301. Un virus selectivo de primera fila.

—¿Y qué dijo Jovita?

—Nada, qué va a decir. Que solo faltaba que el ordenador tuviese también otro virus.

—Los microorganismos y las bacterias son así —dije. Me detuve y miré en todas las direcciones—. No veo por ningún lado a Lorena. Igual está enferma.

—Puede, pero no creo. Ayer se la veía más fresca que una lechuza.

—Se dice lechuga, Lechuga 222. Más fresca que una lechuga.

—Si tú lo dices, Brócoli 301 —reconoció Hanif.

—Sí, yo lo digo. Por cierto, ¿te dijo algo raro?

—¿A qué te refieres, Marc?

—A alguna frase como: «que el mar azul recibe al río». O: «alondra de mi casa, ríete mucho».

—Pues ahora que lo dices... Sí, me dijo algo que no entendí. Se levantó un momento de la silla, se me acercó y me sopló al oído algo de un ascensor... El ascensor... No consigo recordarlo.

—Pues tienes que acordarte.

—Y se puede saber por qué —me preguntó mi amigo Hanif, llegando al cruce más peligroso de todo el recorrido que nos lleva hasta el colegio. El semáforo cambió a rojo para los peatones, pero Hanif a lo suyo. Estiré mi brazo y Hanif se paró en seco. Rígido como un palo de escoba.

Los dos miramos cómo un señor rojo con la cabeza redonda como una pelota nos miraba desde dentro de un círculo negro. Prohibido pasar, nos indicaba desde dentro del semáforo.

—Me has salvado la vida, Marc.

—Exagerado.

—Estaba pensando en la frase que me dijo Lorena. La del ascensor —me dijo como disculpándose—. ¿Para qué quieres saberlo?

—Colecciono —le respondí.

—¿Coleccionas qué?

—Frases raras de Lorena. Las escribo en los libros.

—Sí, claro. Es muy propio de ti. ¿Sabes?, deberías haberte quedado en la cama un día más. Creo que todavía tienes algo de fiebre.

Asentí con la cabeza.

34

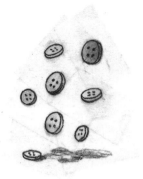

Se trata de una raza muy rara

—«El ascensor no llega tan lejos» —me sopló al oído una voz conocida. Y me giré sabiendo de sobra que la cara que me iba a encontrar era la de mi amiga Lorena. Le sonreí. Nos había estado siguiendo como si se tratara de un silencioso detective privado.

—¡Hola, Lorena! Pensábamos que te habías puesto enferma —le dijo Hanif. Lorena sonrió y señaló el semáforo. Su dedo apuntaba a la figura todavía en rojo.

—Toda la vida dentro de un semáforo. No es justo —reflexionó Lorena a aquellas horas de la mañana—. ¿Cuánta gente habrá visto cruzar en su vida ese señor de rojo? —dijo, o nos preguntó.

—Unas cien mil —contesté inmediatamente.

—¿Y tú cómo lo sabes? —se rebotó Hanif. El semáforo cambió de color.

—Ya ves.

—Como no nos demos prisa vamos a llegar tarde. ¿Te ha dicho Hanif que ayer toda la primera fila
no acudió a clase? Un virus —dijo Lorena.

—Sí.

—Lo que está claro es que hoy el virus no afecta
a la segunda fila. Aunque, a lo mejor Julia se ha quedado en casa enferma, afectada por algún otro virus
—dijo Hanif.

—No, no creo. Mira, por ahí va —y les señalé con
el dedo. Tan sonriente, tan pizpireta como de costumbre, comiéndose una palmera de chocolate, como todas las mañanas del curso.

—¿Cuántas palmeras se habrá comida en su vida? —preguntó Hanif.

—Unas cien mil —le contesté con la tranquilidad de quien las hubiese contado.

—¿Y tú cómo lo sabes? —se volvió a rebotar.

—Las cuento una a una.

—¡Sí, hombre! —me contestó—. Lo cuentas todo, ¿no? Las personas que ha visto cruzar el hombre del semáforo, las palmeras de chocolate que se ha comido Julia...

—Los botones de tu camisa... —le interrumpí.

—¿Los botones de mi camisa? ¿Cuántos botones lleva mi camisa?, listo —me preguntó a bocajarro, con cierto enfado.

—Vamos, chicos, ya basta. No empecéis —nos pidió Lorena.

—Ocho —contesté sin pensármelo dos veces, mirando al suelo.

—¿Ocho? Uno, dos, tres, cuatro, cinco y seis —dijo Hanif mirándose el torso y la barriga, contando los botones con la vista. Y repitió victorioso—: Se-is.

—No. De eso nada, monada. Uno, dos tres, cuatro, cinco, seis, sie-te y o-cho —añadió Lorena. Y lo repitió—: Sie-te y o-cho. Te has olvidado de contar los botones de los puños. Tiene razón Marc, son ocho.

—Qué te he dicho. Lo cuento todo —dije algo fanfarrón.

—¿Todo?

—Todo. Incluso las veces que subo y bajo en el ascensor de mi casa.

—¿También? No me lo creo ¿Cuántas veces has subido y bajado? —me retó Hanif.

—Con la de hoy: tres mil trescientos treinta y tres.

—¿Justas?

—Ni una más ni una menos.

—¿Capicúa?

—Capicúa.

—¿Como los dálmatas?

—Como los dálmatas. Por cierto, ¿sabíais que los perros dálmatas al nacer no tienen una sola mancha?

—Pues no.

—¿Y que existe una raza de perro que no ladra?

—...

—Se trata de una raza muy rara. No es que sean mudos, simplemente no ladran. Cuando están contentos emiten leves aullidos.

—¿Y vosotros sabéis que a Erizo le huele el aliento? —nos preguntó Lorena.

—Eso es porque está estresado —le contesté.

—¿Y tú qué sabrás de hámsteres? —dijo Hanif.

—Tienes razón, Hanif. No lo sé. Me lo acabo de inventar. Solo sé con exactitud las veces que Erizo ha girado en la noria.

—No me lo digas. Tres mil trescientas treinta y tres veces.

—Más.

—¿Más? Unas cien mil.

—Ciento diez mil ciento once.

—Capicúa —dijo Lorena.

—Ya te vale, Marc. Ya te vale —concluyó Hanif. Y suspiró hondo. Sus pómulos algo enrojecidos.

35

Es muy complicado escribir con los ojos cerrados

El virus selectivo había vuelto a hacer de las suyas. Al virus le gustaban los números impares. El uno, el tres... Los de la primera fila estaban de nuevo en clase, pero todos los pupitres de la tercera estaban vacíos: Anuska, Cristina, Rodrigo Peñaranda, Mónika con «k», Álvaro Albaricoque. Toda la tercera fila atacada por el virus «inteligente». Estaba claro que se trataba de un virus malvado que actuaba solo unas horas sobre sus víctimas. Al día siguiente desaparecía por arte de magia.

—Tres mil trescientos treinta y tres. ¡Ja! —me dijo Hanif, ya en clase, girando la cabeza.

Debí poner cara rara, de no entender lo que me estaba diciendo.

—No me creo que sean esas las veces que has usado el ascensor —insistió.

Sonreí. A Hanif cuando se le mete una cosa en la cabeza, no hay quien lo pare. Es algo cabezota.

Jovita nos pidió silencio y les preguntó a las «víctimas» de la primera fila del día anterior si ya estaban recuperados. Al parecer los síntomas del virus selectivo eran claros: dolor de estómago y diarrea. «Y que no tienes ganas ni de leer un tebeo de superhéroes», añadió Eloy Merlín.

—Lo que está claro es que mañana el virus nos atacará a todos nosotros —dijo Susana Casavetes, detrás de esas gafas de concha que lleva, señalando a todas las chicas de la quinta fila.

—Esperemos que no —dijo Jovita, haciendo oscilar el lápiz entre los dedos índice y corazón como si fuera una balanza.

—Ah, y los pies fríos —añadió Eloy Merlín. Y todos lo miramos.

Tal sería nuestra cara de asombro que Eloy se levantó y señalando sus pies dijo:

—Que no solo te duele el estómago, tienes algo de diarrea... también te deja los pies fríos.

—Bueno, bueno…, nos olvidamos ya de los virus —dijo Jovita—. Ya veremos lo que ocurre mañana. Mientras que solo estéis un día enfermos vamos bien. Peor sería que estuvieseis una semana malos en la cama. Además, ahora que estamos terminando el curso...

Jovita hablaba y yo seguía a lo mío: me propuse escribir, esta vez con los ojos cerrados, la última de las frases «enigmáticas» de Lorena. Abrí el libro que tenía sobre el pupitre por una página cualquiera. En una foto se veía cómo un prisma descomponía en luces de colores un rayo de luz blanca. Apunté el bolígrafo sobre el libro. Cerré los ojos, respiré hondo... Tres, dos, uno, ¡ya!... «El as...».

—No sé si sabéis que el día 5 de junio se celebra el Día Mundial del Medio Ambiente. El objetivo es... —nos decía Jovita mientras yo escribía debajo de la foto del prisma: «El as-cen-sor-no...».

Mis ojos seguían cerrados. Escribía y pensaba a la vez lo complicado que era hacerlo así. Claro que más complicado es escribir sin bolígrafo, o sin lápiz, o sin mano. «El ascensor no llega tan lejos», escribí vacilante. Lentamente, abrí los ojos y vi la frase. Me había quedado algo torcida. Si la frase de Lorena llega a ser un poco más larga me habría salido fuera del libro. Pero no. Mientras, Jovita seguía hablando y hablando. Le habían dado cuerda aquella mañana de finales de mayo.

—... los problemas medioambientales, la escasez de agua, la falta de calidad, la generación de residuos... (Jovita hablaba igual que un ministro). ¿Y cómo podemos celebrarlo? ¿Qué podemos hacer nosotros para apoyar esta celebración...?

—Podemos controlar el vertido de los residuos fitosanitarios —contestó Lorien Vigalondo interrumpiendo el discurso de Jovita, que hizo como si no lo hubiese oído.

—Lo que vamos a hacer nosotros es redactar un decálogo con una serie de medidas para mejorar el medio ambiente. El trabajo lo haremos por parejas y el próximo martes, Día Mundial del Medio Ambiente, con el permiso del señor virus, los leeremos en clase. Os recuerdo que un decálogo es un conjunto de diez normas. Os recuerdo que tenéis que escribir con letra las diez medidas. ¿Alguna duda?

—¿Y tiene que ser del medio, no puede ser del entero? —preguntó Sergio Casanova, que siempre tiene que ser más que ninguno. Un gran perro negro lo miró fijamente, sin ladrar.

36

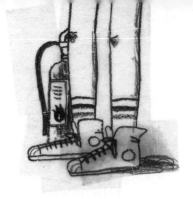

¿Ayer?

Para mi sorpresa, mi abuelo me estaba esperando a la salida del colegio. Llevaba tres libros debajo del brazo y una carpeta azul. Hanif se despidió de mí y se marchó con Lorena y con Eloy Merlín. Me acerqué.

—¿Qué tal estás? —me preguntó.

—Si te refieres a la garganta, va mucho mejor. No me ha dolido en todo el día.

—Eso está bien, pero ¿acaso me tenía que referir a otra cosa?

—Eh... ¡ah, no! ¿Cómo es que has venido a buscarme, abuelo? ¿Qué llevas ahí?

—¿Esto? Libros y unos apuntes que he tomado de... Bueno, que te invito a una naranjada...

—Vaya. Tiene que ser algo muy importante. No recuerdo que me hayas invitado nunca.

—¡Ah, no! Eres un desagradecido. Pero la culpa no la tienes tú, la tiene tu padre. Se pasa más tiempo en el trabajo que en su casa, con su familia, educando a sus hijos...

—Era una broma, abuelo. Eres mi mejor abuelo.

—Pues claro que soy tu mejor abuelo. No tienes otro. Anda vamos. Conozco un bar que hacen unas croquetas de jamón sin jamón que te chupas los dedos.

—Antes debería avisar a mamá.

—Ya está avisada. La he visto cuando salían de clase los pequeños. Le he dicho que me ibas a acompañar a un recado.

—Estás en todo, abuelo.

—Más sabe el diablo por viejo que por diablo. ¿No es aquella tu hermana? —me preguntó, señalando la cancha de baloncesto.

—Sí, mi hermana o tu nieta Marina, como quieras. Hoy tienen entrenamiento. El entrenador es aquel que lleva la gorra hacia atrás. Jugó en un equipo de la ACB. Creo que todavía tiene el récord de ser el más rápido de la historia en meter una canasta. En menos de un segundo. Casi no había comenzado el partido. Ahora trabaja de bombero.

—Sí que es alto. Estoy convencido de que no necesitará ninguna escalera para apagar los fuegos.

—Tienes razón, abuelo.

—Venga, vamos camino de la croqueta —me dijo mi abuelo.

Y al rato:

—Me gustan estas tardes de primavera. Una tarde como esta conocí a aquella chica: la pelirroja. ¡Oh, aquellas pecas me volvieron loco!

—¿Las contaste? —le pregunté. Estábamos parados en un paso de peatones.

—Pero tú eres tonto. ¿Como voy a contarle las pecas? En aquellos años... Pero a lo que iba. ¿Te...

Una furgoneta azul pasó delante de nosotros y pegó un bocinazo. El conductor agitó un brazo. Tal vez se asustó pensando que íbamos a cruzar sin mirar.

—No te he oído, abuelo —dije señalando la furgoneta.

—Que si te acuerdas del día que te quedaste en casa, enfermo. Te dolía la garganta, Marcos. Tenías algo de fiebre... El día que te expliqué por qué los murciélagos dormían boca abajo, ¿lo recuerdas?

—Cómo no lo voy a recordar. Si fue ayer.

—¿Ayer? ¿Seguro?

—Sí, seguro. También me dijiste que había una raza de perros que no ladraban...

—¿Y no te conté que existe un lagarto en Nueva Zelanda que tiene tres ojos? El tercer ojo, por así decirlo, lo tiene en la frente, justo en medio de los otros dos. Tres ojos, qué cosas. El tío lo tiene que ver todo...

—¿Cruzamos?

—Crucemos. Y sabes que una de las enfermedades más comunes en el hámster es el sobre crecimiento de los dientes. Como roedor que es...

—Me interesa lo de los hámsteres. Sigue.

—Pues no me interrumpas... Como roedor que es, sus dientes no tienen raíces y están en constante crecimiento. Si los dientes no se liman, crecen y les provocan infecciones en el paladar causándoles la pérdida del apetito y el exceso de saliva. El síntoma más claro es que les huele el aliento...

—¿Esa enfermedad también se puede dar en el hámster dorado? —pregunté pensando en Erizo.

—También, también.

—Jo, abuelo, lo sabes todo. Por cierto, ¿cual es el plural de hámster? *¿Hámsters* o hámsteres?

—Ahí me has pillado, Marcos Mostaza.

37

Lo que me faltaba

Cuando sonó el timbre de mi casa, ya no recordaba que había quedado con Susana Casavetes para hacer el trabajo sobre el Día Mundial del Medio Ambiente. «¿En tu casa o en la mía?», me había preguntado. Y yo, como un tonto, le dije que en mi casa, que tenía una habitación para mí solo.

—Buenos días señora Carmen, a usted y a su familia —le soltó—. Qué pendientes más bonitos lleva.

—Buenos días, Susana. Muchas gracias —la saludó mamá que se conoce a todos los alumnos del colegio—. Qué guapa estás.

—¿De veras?

—Sí, claro —contestó mamá.

—¿Está Marc? Ah, ya lo veo. Buenos días, Marc.

—Ho... hola, Susana. Ya veo que te has recuperado del virus selectivo que atacó a los de la quinta fila. Nos va a quedar un trabajo estupendo. —Y me sorprendí por lo fácil que me habían salido las palabras.

—Veo que no se te han pegado las sábanas —dijo. Y soltó una frase que bien se la podría haber copiado a Lorena—. Hoy el viento anuncia las vacaciones y nos saluda.

Mi hermana salió de su habitación con su enorme bolsa de deporte, y sin decirnos nada, le dio un beso en la mejilla a mamá. Arqueó las cejas ante Susana y me fulminó con la mirada. Cogió el llavero y desapareció camino de conseguir la primera canasta en el último partido de la temporada.

—¿Has desayunado? —le preguntó mamá a nuestra invitada.

—Sí, muchas gracias. Un desayuno cardiovascular. Una tostada de pan con aceite de oliva virgen, leche con cacao, una cucharada de miel, dos filetes de pavo braseado y una manzana —dijo sin pestañear.

Mamá sonrió, asintiendo.

38

Creo que te equivocas

—¿Y ese astronauta? —me preguntó Susana nada más entrar en mi habitación señalando el póster que me regaló el padre de Hanif.

—¿Qué le pasa al astronauta?

—¿Qué está haciendo en medio del espacio? No me digas que tiene diarrea o algo así.

—¡Qué dices! Esta reparando un fallo de un satélite. Se llama Bruce...

—Bruce Springsteen. Pues yo pensaba que era músico. Papá tiene todos sus discos.

—Creo que te equivocas de persona. El astronauta se llama Bruce McCandless. Y si te acercas verás que la firma es auténtica.

—¿Sí?

—Como lo oyes.

—No me lo creo, Marc. Me mientes continuamente. Veo que no tienes ningún peluche encima de la cama. Por cierto, ¿quién te la hace? —me preguntó bajando la vista, observando mi cama como si estuviese en el zoo mirando la jaula de las jirafas.

—¿Quién me hace el qué?

—La cama, hombre. Que pareces lelo. Si te la hace tu madre, tu hermana...

—Me la hago yo —respondí.

—Se nota. Mira esa arruga. Y esa. Y esa. Y esa otra —me dijo muy seria—. Me jugaría mi propina a que el cubrecama cuelga más de un lado que del otro. Las cosas más sencillas son las más complicadas. Que se te meta en la cabeza, Marc.

Lo que me faltaba por oír. Me entraron unas ganas terribles de retorcerle el cuello. ¿Cómo pude decirle que sí, que accedía a ser su pareja de trabajo? ¿En qué estaba pensando?

—Ves. Lo que yo te decía —me dijo desde el otro lado de la cama—. Anda, échame una mano. No soporto las camas mal hechas.

—Pero... ¿qué tiene que ver la cama con el decálogo del Día Mundial del Medio Ambiente?

—Pues tiene que ver que si la cama no está bien hecha no puedo pensar con claridad. ¿Comprendido?

—Ya.

Hacer de nuevo la cama se convirtió en una pesadilla en plena mañana de sábado. Lo último fue cuando tuve que sacar la regla del estuche para ver cuántos centímetros había del suelo a la cubierta.

—¿Por qué no le sacas una foto? —me dijo Susana, orgullosa de cómo había quedado.

—Sí, claro. Luego la amplío y la coloco junto al póster de Bruce McCandless...

—No sería mala idea, Marc.

—Ya te digo.

39

O trece

El deshielo es una de las consecuencias del cambio climático. A medida que aumenta la temperatura del planeta, el hielo polar y los glaciares se derriten a mayor velocidad.

Si el hielo se derrite más rápido de lo normal, el caudal de los ríos aumentará generando grandes inundaciones en todo el planeta Tierra.

Otra de las consecuencias del deshielo será la desaparición de los osos polares y la desaparición de anuncios publicitarios donde salgan los osos polares (a no ser que los pinten por ordenador), claro.

CUIDEMOS EL PLANETA
EVITEMOS EL DESHIELO

MEDIDAS PARA EVITAR EL DESHIELO:

1.–Reducir los gases contaminantes. Y por si acaso los no contaminantes.

2.–Reducir el consumo de agua, ya sea fría o caliente.

3.–Proteger al lince ibérico.

4.–Prohibir la pesca de las ballenas, sean ibéricas o no.

5.–Utilizar energías limpias, usar bombillas de bajo consumo y apagar las bombillas encendidas si no hay nadie dentro de las habitaciones.

6.–Reciclar y reutilizar el papel escribiendo por las dos caras y los márgenes.

7.–Utilizar los transportes públicos con precio especial para lactantes, estudiantes, jubilados y socios del Real Zaragoza.

8.–Limpiar montes, costas, ríos, playas, piscinas, acequias y tuberías...

9.–Utilizar electrodomésticos de bajo consumo. Apagar la luz del piloto del *stand-by*.

10.–Tapar las cacerolas al cocinar con sus correspondientes tapaderas. O cocinar con olla express.

—¿Y si ponemos once?

—¿Once, para qué quieres poner once? Jovita nos dijo que diez.

—Pareces lelo, Marc —me dijo Susana Casavetes frotándose la mandíbula con una de sus manos, la otra sujetaba un bolígrafo metálico con agarre antideslizante—. Es una forma de que Jovita vea que estamos muy interesados, muy concienciados con el Medio Ambiente.

—Claro. Visto así es mejor poner doce. O trece.

—Trece no. Es un número que trae mala suerte. El Titanic, por ejemplo, se hundió el día trece a las trece horas, trece minutos.

—¿Seguro?

—Como lo oyes. Once es el número ideal...

—Ideal para jugar a fútbol.

—Bueno, pues lo dejamos como está.

Así que el decálogo quedó en diez medidas para evitar el deshielo.

Modestamente, creo, que nos quedó un trabajo muy elegante. Aunque tengo que confesar que casi todas las medidas se le ocurrieron a Susana Casavetes, incluso la del lince ibérico.

40

Cuatro días para acabar el curso

Cuatro, tres, dos, uno y cero: se acabó. Jovita nos dará las notas y nos iremos cada uno para nuestra casa, tan contentos. O tan tristes por dejar de vernos una larga temporada. Algunos (Lorien, Anuska, Eloy…) alargarán los días de colegio apuntándose al campamento de verano; otros (Sergio, Julia…) se marcharán al pueblo; y los más no nos moveremos de la ciudad hasta que llegue el mes de agosto.

En agosto la ciudad se quedará medio vacía, o medio llena. Todo el mundo va camino de la playa o de la montaña. El último día del mes de julio será como la cuenta atrás en el lanzamiento de un cohete. Diez, nueve, ocho, siete, seis, cinco, cuatro… Cuatro días para acabar el curso. Cuatro días para que Jovita no dé más clases. Nuestro curso es el último que «pasa por sus manos». Se jubila después de más de treinta años dedicados a dar clases.

El jefe de estudios la avisó que el resto de compañeros del claustro le iba a preparar una cena de despedida. Se lo dijo a ella, que se quedó perpleja, y nos lo dijo a nosotros. Llamó a la puerta con los nudillos e interrumpió la clase para comunicarnos la noticia, como si de un charlatán de feria se tratase. No se pudo esperar a que llegase la hora del recreo, no.

—¿Habrá *boys?* —preguntó Eloy Merlín muy acertadamente, después de que el jefe de estudios acabase su discurso.

—Claro que habrá *boys*. El director, don Máximo; don Genebrando que, por cierto, se jubila el curso que viene, yo mismo…

—No me refiero a maestros, me refiero a…

Y Jovita no le dejó terminar la frase.

—Bueno, pues muchas gracias por la sorprendente noticia —dijo Jovita con cierto retintín—. No me quedará más remedio que pasar antes por la peluquería. Ahora, si no le importa, me gustaría acabar la última lección del curso.

Y el jefe de estudios se marchó. Pero dos segundos después asomaba su cabeza por la puerta.

—Ah, se me ha olvidado deciros que si vosotros queréis hacerle un regalo de despedida… —Aquí hizo un silencio—. Ya sabéis: sería la mejor manera de decirle adiós. Pero que no se entere la interesada. Ja, ja, ja.

Y desapareció definitivamente.

—¿Dónde estábamos? —preguntó Jovita, molesta por la aparición repentina del jefe de estudios.

Sergio Casanova, atento como siempre, levantó la mano.

—Nos habíamos quedado en que las fuentes de energía renovables son las que no se agotan aunque se utilicen —dijo de un tirón.

Pero, ni que decir tiene, que la clase, «gracias» a las palabras del jefe de estudios, se transformó en un jaleo de voces. Jovita se enfadó de verdad y nos pidió por favor que pasásemos por alto las palabras del jefe de estudios. Afirmó que no necesitaba de ningún obsequio y que nuestro mejor regalo sería acabar aquellos días con la misma atención con que habíamos comenzado el curso nueve meses atrás.

—¿Y si le regalamos un microondas que solo funcione con energía renovable? —dijo Anuska, desde la primera fila, que al parecer, distraída, no había escuchado nada de nada.

Mi mirada se fue a Jovita y me fijé cómo se mordía el labio antes de contestar. Tal vez también se mordía las palabras.

—Mmmmm —reflexionó nuestra maestra, dio dos pasos y siguió con la lección—: El Sol, el viento, el agua en movimiento, el calor de la Tierra, o energía geotérmica…, son fuentes de energía renovables no contaminantes. Son inagotables. Durante millones de años el Sol ha estado enviando luz y calor a la Tierra y lo seguirá haciendo durante millones de años más…

—Eso no es verdad —me sopló Lorena al oído—. Dentro de cinco mil millones de años el Sol se quedará sin combustible y se convertirá en una Gigante Roja.

Giré mi cabeza. Lorena me guiñó un ojo. Sonreí.

41

Es un cerdo lampiño y pesa 80 kilogramos

—¿Cómo sabes tú que son cinco mil millones de años y no cuatro mil novecientos noventa y ocho? —le pregunté a Lorena bajando las escaleras, camino del recreo.

—Porque me lo ha dicho mi tía. A ella se lo ha dicho el paciente de la habitación 555. Un personaje muy raro. Según mi tía, el paciente de la 555 se dedica a recortar noticias de los periódicos. Luego dobla los recortes, y los mete en los bolsillos de las batas de las enfermeras. Mi tía no se lo creía cuando se lo contaron. Así que se dirigió a su habitación a tomarle la temperatura. Cuando salió llevaba esto metido en el bolsillo —y me mostró el recorte—. Y lo mejor: mi tía no se enteró de cómo el paciente de la 555 había introducido el papel en el bolsillo de la bata.

—A lo mejor se trata de una cuestión de magia —le dije.

—Quieres decir que igual se trata de un mago.

—Tal vez.

—Toma, lee. Te va a gustar la noticia. —Lorena me ofreció el papel. Lo desdoblé, leí en voz alta:

—Agencias…

—No, hombre, no. Eso no hace falta. A partir de aquí.

—Una mujer del estado de Nueva Gales del Sur, Australia, pidió auxilio después de verse convertida en rehén de un cerdo mascota. La mujer, Caroline Hayes, de sesenta y tres años de edad, dijo que el cerdo era muy, muy agresivo. «A las cuatro de la mañana, Bruce —así se llama el cerdo— comenzó a golpear mi puerta, dándole cabezazos. Buscaba algo de comer», explicó la señora Hayes al canal de televisión ABC. La señora añadió que, cuando ella trataba de abrir la puerta, el animal la empujaba acorralándola contra la pared. Tres guardabosques de un municipio cercano acudieron a ayudarla, pero la jaula que traían era muy pequeña. Uno de ellos afirmó que, «debido al tamaño del cerdo, es difícil controlarlo cuando le da hambre. Bruce es un cerdo lampiño y pesa más de cien kilogramos. No creo que se le deba tratar como a una mascota porque, potencialmente, puede ser peligroso». Los guardabosques afirmaron que, no sin esfuerzos, consiguieron atar a la mascota y llevarla a la comisaría. —Leí de un tirón.

—¿Qué te parece? —me preguntó Lorena.

—Muy curioso. Tanto el paciente de la 555, como la noticia.

—¿A que sí?

—¿Qué es ese papel, chicos? —nos preguntó Hanif que ese día llevaba para almorzar sorprendentemente un simple sándwich.

—Toma. Lee.

Y le ofrecí el recorte con la noticia. Él me pasó el sándwich al que le faltaban dos mordiscos.

—Agencias. Una mujer del estado de Nueva Gales del Sur, Australia, pidió auxilio…

Y Hanif leyó de nuevo la noticia. Terminó justo cuando le daba el último bocado a su almuerzo de aquel lunes de final de curso.

—¡Pero qué barbaridad!

—Es lo que le decía a Lorena. Esta noticia es…

—¡Pero qué noticia ni qué leches! ¡Te has comido mi sándwich de atún a la americana! —chilló Hanif. Y soltó un taco.

—¡Ostras! Lo siento. Ha sido sin querer. Me lo he comido en un abrir y cerrar de ojos. Estaba tan rico que no he podido dejar de darle un bo… Llevaba algo de kétchup, ¿a que sí?

Los ojos de Hanif fuera de órbita. Rabioso. Solo le faltaba apuntarme con una pistola.

—Y mayonesa…

Los puños apretados. El recorte aplastado entre sus dedos. Mi amigo Hanif a punto de perder los estribos.

—Y atún, claro —dije, y pensé en poner los pies en polvorosa.

—¡Y ahora qué almuerzo yo! —rugió mi amigo.

Nunca lo había visto así. Hanif se frotó los ojos como si le hubiera entrado humo.

—Chicos, chicos, tranquilidad —intervino Lorena—. No te enfades, Hanif. Es que haces unos bocadillos tan maravillosos... Toma, te doy mi almuerzo. Yo no tengo hambre. He desayunado un buen tazón de cereales con leche y creo que me he pasado con los cereales.

Hanif miró aquellas galletas que le ofrecía Lorena como si fuesen las últimas galletas que quedasen en el planeta Tierra.

—Son caseras. Las hace mi tía. La receta se la dio una señora de Garrapinillos que ingresó en el hospital con un síndrome de esos raros que vuelve locos a los médicos. El síndrome de...

—El síndrome Haniz, acabado en zeta —dije haciéndome el gracioso, sin darme cuenta de que mi amigo Hanif (acabado en «f») todavía tenía los puños apretados.

Menos mal que Lorena llevaba un cargamento de galletas. Eran pequeñas, redondas, con los bordes aplastados, con un pegote de chocolate blanco en su parte central. Estaban realmente deliciosas.

—Son las mejores galletas que he probado nunca —dijo Hanif gratamente satisfecho.

—Sí, son estupendas. Lástima que sean tan pequeñas. Toda una tentación —reconoció Lorena.

—Seguro que son dietéticas —dije.

—¿Y eso qué es?

—Pues que tienen vitaminas, minerales y esas cosas.

—¡Aaaah! —dijo Hanif, olvidado por completo de mi agresión a su sándwich.

42

Me la han intentado robar

En casa no se oía ningún ruido. Mamá había salido y mi hermana todavía no había llegado. Sin nada que hacer, repasaba mi colección de billetes y monedas. Pequeña, insignificante. Y eso que tengo un billete de cinco *pounds* de *The reserve of bank of Malawi* que me regaló mi hermana para mi cumpleaños. Al parecer lo compró por Internet.

Y es que por Internet se puede comprar de todo. No se dónde, leí una lista de las diez cosas más curiosas que se habían vendido por la red. Ya no me acuerdo muy bien, pero recuerdo que una familia había puesto a su bebé en venta solo por un euro. Al parecer se trataba de una broma. De muy mal gusto, eso sí. También recuerdo que alguien había vendido una ciudad entera, una caca de rinoceronte y no sé que más. En el primer puesto aparecía la vida de un hombre, como suena. ¿Cómo se puede poner en venta la vida de un hombre? Pues alguien pago más de trescientos mil dólares por la vida de aquel hombre. El comprador se quedó con su casa, su auto, su trabajo, su ropa y ya no sé si también con sus amigos.

Aparté mis ojos de mi ridícula colección y me asomé a la ventana de mi habitación: un hombre estaba atando una bicicleta a un poste de teléfono. La cadena era gruesa. Era más fácil llevarse el poste con la bicicleta sujeta a él que la bici en sí. El hombre comprobó que la bicicleta estuviese bien sujeta y se marchó calle arriba.

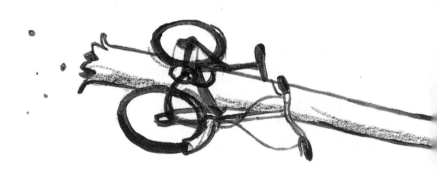

Papá también deja la bicicleta atada a un poste cuando acude a la oficina. Su jefe no se la deja subir. Papá dice que su jefe es tonto y que cualquier día le dice tres cosas bien dichas. Papá... En ese momento se oyeron las llaves de mi padre. Sus llaves tienen un ruido muy característico. Salí a recibirle y se extrañó. Estaba serio, muy serio. Algo ardía dentro de sus ojos.

—Casi me quedo sin bici —dijo como saludo. Respiró hondo y tragó saliva.

—¿Y eso? —le pregunté.

—Me la han intentado robar —me contestó palmeando la bici como si se tratara de un perro.

—¿Esta tarde?

—Esta misma tarde.

—¿Ibas pedaleando?

—¡Qué cosas dices! ¿Cómo iba a ir pedaleando? Yo estaba trabajando. La bici estaba abajo, en la calle, sujeta al poste donde la suelo dejar todos los días, que no sé cómo el ayuntamiento no pone unos aparcamientos para bicis... Por casualidad me he asomado a la ventana y he visto cómo un tipo, rodilla en tierra, intentaba forzar el candado. Le he gritado, pero el tipo ni caso. He tenido que bajar a toda pastilla por las escaleras. Cuando el tipo me ha visto ha echado a correr...

—¿Te has fijado cómo era?

—No era muy alto, el pelo rizado, con gafas, un hoyuelo en el mentón... Vestía una camiseta naranja de manga corta y cuando corría cojeaba un poco de la pierna derecha.

—¿Llevaba rifle, o pistola?

—¡Cómo va a llevar pistola!

—Pues escondida en alguna parte. Por encima de la cintura de los pantalones, no sé...

—Marc, se trataba de un vulgar ladronzuelo. Un raterillo.

—O sea, que no había ningún casquillo de bala junto a la bicicleta. Ni cristales rotos sobre el cemento, ni charcos de sangre... ¡Pues vaya! ¿Y cómo se llamaba?

—¡Pero yo que sé cómo se llamaba! Hijo, tienes unas cosas que no te entiendo. Me parece que ves demasiadas series de televisión. ¿Ha venido tu madre?

—Sí, pero ha salido a comprar un momento.

—¿Y tu hermana?

—Hoy es lunes, papá. Y los lunes siempre se va con su amiga Mercedes a la residencia de ancianos donde está internada su abuela, esa que siempre les cuenta el mismo cuento.

43

Eres un mentiroso de primera

—A papá le han intentando robar la bicicleta esta tarde —le dije a mi hermana cuando entró en casa—. Se trataba de un grupo de cuatro ladrones. Dos por rueda. Papá iba montado en la bici. Estaba detenido en un semáforo en rojo, cuando los cuatro tipos se han abalanzado sobre él. Menos mal que papá ha estado listo y se ha escabullido como ha podido. Pero antes, al más alto, le ha golpeado en la cabeza con la mano abierta, casi le arranca la cabeza del cuerpo; a otro, le ha dado un mandoble que todavía está dando vueltas como una peonza. No ha habido muertos, pero...

—Pero qué tontería estás diciendo, Marc —me respondió mi hermana, todavía con la mochila sobre la espalda. Sorprendida por mi verborrea.

—Pues eso: que tenemos un héroe en casa.

—No me lo creo. Te lo estás inventado todo. Eres un mentiroso de primera.

—Si no te lo crees pregúntaselo a él.

A mi hermana le faltó tiempo para asomar la cabeza por la puerta del cuarto de estar y preguntarle a mi padre que, en su sillón, le daba buena cuenta a un sudoku nivel experto.

—Papá, ¿es cierto eso que dice Marc?

—¿Y qué dice tu hermano, hija?

—Que te han intentado robar la bici.

—Sí. Esta tarde.

—¿Cuatro tíos?

—¿Cuatro te ha dicho tu hermano?

—Sí, eso me ha dicho.

—Pues te ha metido.

Mi hermana giró la cabeza buscando al mentiroso.

—Siete —dijo mi padre, guiñándome un ojo—. Eran siete. Menos mal que todavía estoy ágil y me los he quitado de encima como he podido. A uno, que llevaba una tremenda cicatriz que se extendía desde un ojo a los labios, le he soltado un *uppercut* en el mentón que lo he dejado sin sentido; a otro, que sus ojos parecían cráteres, le he arreado un puñetazo de abajo a arriba arqueando el brazo que...

—Pero qué mentirosos sois. ¡Aaag, qué asco de hombres!

—Pero si es verdad. Sí es verdad que me han intentado robar la bici...

—¿Siete tíos?

—Tal vez eran menos. No me he puesto a contarlos. Igual eran tres.

—¿Tres?

—Bueno, igual eran dos.

—¿Dos?

—Está bien. Era uno. Uno solo.

—Mentirosos.

—Pero es verdad que tenía una terrible cicatriz, un surco profundo en la cara.

La mirada de mi hermana fulminó a mi padre.

—Quizá la cicatriz no era tan terrible —reconoció mi padre con una sonrisa que le daba la vuelta a la cara.

—Sí, quizá no. Tal vez se trataba de una línea hecha con bolígrafo negro.

—Probablemente —reconoció mi padre, bajando el tono de voz.

—Y tú ¿qué miras como un pasmarote? —me preguntó mi hermana.

—Es que no puedo mirar, ¿o qué?

—Mentirosos, embusteros, cuentistas…

—Pero sí es verdad que le han intentado robar la bici —dije.

—¡Bah! —dijo mi hermana. Nos sacó la lengua burlonamente y desapareció de nuestra vista.

Papá se encogió de hombros.

44

Y un hoyuelo en el mentón

—Tres —le dije a Hanif a la mañana siguiente camino del colegio, sin siquiera desearle buenos días.

—¿Tres? —me contestó.

—Tres, dos, uno y cero.

—No te entiendo —Hanif inclinó la cabeza y me miró a los ojos.

—Tres días para acabar el curso.

—Serán dos.

—¿Dos? Ahora el que no te entiende soy yo.

—Pues dos. Hoy ya no lo cuentes.

—Cómo que no lo cuente. Lo tengo que contar.

—Pero ya nos hemos levantado. El despertador ya ha sonado, así que un día menos. Dos.

—Tres.

—Dos.

—Tres.

—Dos. Por cierto, no me has dado los buenos días, Marc.

—Buenos días, Hanif.

—Buenos días, Marc.

—Sabes, mi abuelo se va a convertir en cobaya humana.

—Tu abuelo es la pera limonera.

—Sí, es un *crack*.

—¿Y en qué va a consistir el experimento?

—No lo sé. Ayer llamó mi abuela toda disgustada a mi padre, que…

—¿Qué ocurre, Marc? —me preguntó Hanif al quedarme callado.

—¡Vaya! Se me ha olvidado decirte que ayer a mi padre le intentaron robar la bicicleta.

—Esas cosas pasan, Marc. A mi vecino le robaron la moto el sábado pasado. Una moto nueva. Una Yamaha o algo así. Una chulada. Totalmente negra. No tenía ni una semana. Se fue a comprar una *pizza* y a lo que salió de la pizzería tenía *pizza*, pero ya no tenía moto… Igual se trataba del mismo chorizo.

—No creo, Hanif. Si ya había robado una moto ¿para qué quería una bici? Además una bici como la de mi padre que solo sirve para ir por la ciudad.

—Igual las vende. Moto que roba moto que vende, bici que roba bici que vende… El negocio de los ladrones.

—Mi padre dijo que el ladronzuelo no era muy alto, de pelo rizado, con gafas...

—Y un hoyuelo en el mentón.

—¡Sí! Exacto. ¿Cómo lo has adivinado?

—Porque esa es la descripción que le hizo una pareja de novios a mi vecino cuando preguntó si habían visto a alguien subiéndose en una moto negra.

—Jo, cuando se lo diga a mi padre va a alucinar.

—¿Más que con lo de tu abuelo?

—No, no creo. Lo de mi abuelo es muy fuer... ¡Eh, Hanif, mira aquel tipo que va por la acera de enfrente! Lleva gafas...

—Y el pelo rizado.

—No es muy alto. No le veo hoyo en la barbilla.

—Yo tampoco, pero... ¡Fíjate: unos alicates le sobresalen del bolsillo del pantalón!

—Qué vista, Hanif.

—Es él, sin duda.

—¡A por él!

—¡A por el ladrón!

Lo que sucedió al cruzar la calle y encararnos al presunto caco es digno de llevarse al cine. Hanif le metió la mano en el bolsillo y sacó los alicates. El hombre dio un respingo y cayó al suelo. Yo di un salto y me puse a horcajadas sobre su estómago. Su cara a medio metro de la mía. Sin hoyuelo. «No tiene hoyuelo», le dije a Hanif. «Ya lo veo», me contestó. «¿Pero se puede saber qué pasa aquí?», preguntó el hombre, zarandeándome, quitándome de en medio de un manotazo, poniéndose en pie. «¿Por qué lleva esos alicates en el bolsillo?», le preguntó Hanif. «¿Cómo que por qué llevo unos alicates? Soy del servicio técnico de Telefónica. ¿Acaso no veis la chaquetilla y el logo...? «El logo, el logo feroz. A correr», dijo Hanif. Y los dos echamos a correr como si de verdad nos persiguiese un lobo de colmillos afilados, el mismo lobo que se comió a la abuela de Caperucita. ¿O fue al abuelo?

45

Podrías ser un ladronzuelo

Llegamos al «cole» en tiempo record. Exhaustos. Con la lengua fuera. Nos apoyamos contra los barrotes de la valla y comenzamos a jadear. El corazón (al menos el mío) me latía a toda velocidad. La sangre se agolpaba en mis sienes.

—Hemos tenido suerte. Hemos conseguido escapar —me dijo Hanif.

—Sí.

—Te tiemblan las manos.

—Y a ti.

—De esto ni una palabra a nadie, Brócoli 301.

—De acuerdo, Lechuga 222.

—Silencio total, Brócoli 301.

—Total, Lechuga 222 —afirmé con la cabeza.

En ese momento se nos acercó Eloy Merlín. Por lo que fuera no se había peinado aquella mañana. En cambio, se había echado algo más de colonia sobre su cabeza

—Hola, chicos, ¿de qué estáis hablando? Pero qué cara lleváis. Ni que hubieseis visto al mismísimo hombre lobo.

—Casi —contestó Hanif.

Pero Eloy no reparó en la respuesta de Hanif. Él a lo suyo.

—Ya he hecho cuentas. Si ponemos seis euros cada uno, podemos regalarle a Jovita un vale por tres sesiones antiestrés. En el precio entran toallas, gorro de papel y zapatillas. Y barro del mar Muerto, por supuesto. Pero hay que darse prisa. La promoción termina ya. ¿Qué os parece? —nos preguntó.

—Me parece —contestó Hanif poniéndose muy serio— que antes de nada deberíamos pedirle permiso a Jovita.

—Pero ¡cómo se lo vamos a decir! Si se lo decimos, dejará de ser una sorpresa —dijo Eloy.

Hanif se encogió de hombros.

—¿Y tú qué piensas, Marc? —me preguntó Eloy.

—Yo pienso que lleva razón Hanif. Habrá que decírselo.

—Vosotros dos os habéis vuelto majaras. Solo hay que ver la cara que traéis hoy a clase.

—Eloy... —dije.

—¿Qué? ¿Qué pasa ahora?

—Tienes un hoyuelo en el mentón.

—Sí, lo sé. Es de origen genético.

—Ese hoyuelo... —murmuré.

—Podrías ser un ladronzuelo —intervino Hanif, quitándome las palabras de la boca.

—O peor aún: un asesino a sueldo —afirmé.

—Lo que digo: os habéis vuelto majaras. Chiflados como regaderas. Es inútil hablar con vosotros ¡Baah!

—Totalmente.

—Starking, Borwitsky, Empire, Fuji, Winesap, Winston, Reineta, Bramley, Firmgold, Granny Smith...

—Sí, ya veo que eres muy listo, Marc. Ja, ja, ja, qué listo eres. Te sabes de memoria el equipo del Tottenham Hotspur...

—Qué Tottenham ni qué ocho cuartos. No son jugadores de fútbol. No se trata de ninguna alineación. Se trata de tipos de manzanas, Eloy. Tú si que no te enteras de nada. Hay más de 7500 especies en el mundo.

—Majaras. Totalmente majaras —nos reprochó Eloy. Echó una ojeada a su reloj de pulsera y desapareció.

Bajé la cabeza y mi vista se fue a una hormiga que transportaba la cáscara de media pipa que alguien había arrojado al suelo. Hanif se dio cuenta de ello.

—Una hormiga puede transportar cincuenta veces su propio peso. Y hay más especies de hormigas que de manzanas.

—¿Y cuánto puede pesar una hormiga? —me preguntó Hanif, mirándome de arriba abajo.

—Depende —dije. Y le devolví la mirada.

—¿De qué depende, Brócoli 301?

—De si son rubias o morenas, si tienen el pelo liso o rizado, si llevan gafas o no...

—Si tiene un hoyuelo en el mentón...

—¿El mentón de Aquiles?

—No, el talón de Aquiles.

—Creo que Eloy Merlín lleva razón: estamos algo majaras.

—*Yes.*

—*Oui.*

—*Da.*

—*Sim.*

46

Lo has entendido perfectamente

—Buenos días, chicos. Buenos días, chicas —nos saludó Jovita ya en clase—. ¿Estamos todos? Bien. Antes de empezar la clase, antes de comenzar este último martes de curso me gustaría deciros una cosa. Cuando esta mañana he abierto la ventana de mi habitación ha entrado un pajarito, se ha posado en mi mesilla de noche y ha abierto el pico. Me ha dicho que tenéis la intención de hacerme un regalo como despedida de curso y como adiós a mis años de docencia —todos nos quedamos perplejos—. No me digáis que no sabéis de qué os estoy hablando —guardó silencio por un momento y se mordió el labio inferior—. Aún hay más: el pajarito me ha dicho que habéis pensado en regalarme una sesión antiestrés con efectos regenerativos... Pues bien: ni se os ocurra. ¿Entendido? No quiero ningún regalo.

No quiero que nadie rompa su hucha para sacar un euro. No tenéis que hacerle ningún caso a las palabras del jefe de estudios, ¿de acuerdo? No os ofendáis, pero el mejor regalo que me podéis hacer es acabar el curso con la misma atención de siempre. Nada de regalos. Nada. ¿Lo habéis entendido todos? ¿De acuerdo?

Nadie dijo nada. Toda la clase en silencio. Miré en dirección a Eloy Merlín y me lo imaginé rojo como un tomate, con los carrillos hinchados, a punto de estallar. Mariona levantó la mano.

—Dime, Mariona —dijo Jovita.

—Entonces... entonces no le podemos regalar siquiera un libro.

—Exacto. Lo has entendido perfectamente. Ni un libro —le contestó Jovita. Y arqueó una ceja.

—Pero si es de pocas páginas… —dijo Susana Casavetes.

—Si es de pocas páginas, menos.

—¿Y qué pajarito le ha dicho eso? —preguntó Eloy Merlín, imagino que decepcionado por las palabras de nuestra maestra—: ¿Un canario, un jilguero, un gorrión, un periquito, un petirrojo, un verderón, un piquituerto, un camachuelo mejicano...

—Veo que sabes muchos tipos de pájaros. Creo que era una calandria —contestó Jovita.

—¿Una calandria? —cuestionó Raquel.

—Eso he dicho —contestó Jovita.

—¿Una calandria no es un tipo de manzana? —preguntó Eloy.

En ese momento tuve que hacer verdaderos esfuerzos por no soltar una carcajada. Hanif se giró y se tapó la boca con la mano. ¡Qué barbaridad! Lorena me tocó en el hombro, pero no me giré. Menos mal que Sergio Abadía habló para meter la pata. Dijo:

—Una calandria es un barco pequeño de una sola vela.

—Sí, claro, que la soplas y se apaga ¿no? —dijo Eloy totalmente enfadado, perforándonos con la mirada, al borde de un ataque de nervios—. Esta mañana os habéis levantado todos majaras.

—Un momento, un momento —intervino Jovita—. Por partes. A lo que te refieres tú, Sergio, es a una balandra. Ba-lan-dra. «En consecuencia, con el propósito de sufragar algunos gastos, compró una balandra, la cargó con toda clase de mercancías con las que los tonquinenses solían traficar en las islas vecinas...».

—Eso es, eso es... ¿*El Quijote*?

—Eso es de *Los viajes de Gulliver* —contestó Jovita.

—¿Se lo sabe de memoria?

—Ojalá —dijo Jovita girando la cabeza y mirando hacia la ventana. Cosa que hicimos todos. Todos menos Eloy que tenía una enorme nube instalada en su cerebro.

—Entonces... —comenzó a decir Eloy.

—Entonces, una calandria es un ave de unos veinte centímetros de longitud. —Y señaló a un pájaro de pico largo, dorso pardo y vientre blanquecino que nos miraba desde el otro extremo del cristal de la ventana. El pájaro se paseaba por el alféizar de la ventana. De vez en cuando levantaba la cabeza, picoteaba sobre el cristal y nos miraba divertido.

Creo que todos pensamos lo mismo: aquel pájaro sabía demasiado.

47

Eso no nos lo habías dicho

—Pues yo creo que Jovita tiene razón: nada de regalos —dijo Lorena en el recreo—. Es una lástima pero…

—Pues yo creo que por lo menos le podríamos regalar una placa de plata grabada —dijo Raquel, que contra todo pronóstico se había unido a nuestro grupo.

—Si ella ha dicho que no es que no —señaló Hanif.

—Igual no lo ha dicho en serio —afirmó Raquel.

—Yo estoy con Hanif —afirmé.

—¿Y cuándo no estás con Hanif? —me preguntó Raquel.

—Pues cuando veo que no tiene razón, por ejemplo…

—¡Ahí va! Se me había olvidado por completo —empezó a decir Lorena, que como siempre tenía la habilidad de apagar los posibles fuegos—. Mi tía trajo ayer una noticia del paciente de la 555, pero me he olvidado el recorte de la noticia en casa.

—¿Y de qué iba? Si se puede saber —preguntó Hanif.

—¿Qué es eso del paciente de la 555? —quiso saber Raquel.

—Haber estado con nosotros en vez de juntarte con el tonto de Sergio Abadía —dije con cierta antipatía, algo incómodo por su presencia. Algo contrariado por todo lo que nos había separado durante aquel curso que ya llegaba a su fin.

—Marc, eso no es justo. Sergio no es ningún tonto —repuso Raquel.

—No, ¡qué va! Es tonto de aquí a Winchester.

—Será a Mánchester —me replicó Raquel.

—He dicho Winchester.

—No existe esa ciudad. El Winchester es un rifle que se utilizaba para cazar búfalos.

—Winchester es una ciudad inglesa.

—¿Y dónde está?

—A doscientos veinte kilómetros al sur de Mánchester —contesté un tanto airado.

—Ja.

—Chicos, chicos... —medió Lorena nuevamente—. El paciente de la 555 es un señor que se dedica a recortar noticias curiosas de los periódicos, hace fotocopias...

—¿Hace fotocopias? Eso no nos lo habías dicho —le interrumpió Hanif.

—Pues sí, parece que recorta las noticias, hace fotocopias y luego las mete en los bolsillos de los enfermeros, enfermeras, limpiadoras, auxiliares, médicos... O sea, de todo el que entra en la...

—En la habitación 555 —dijo Raquel, que ya estaba comenzando a entender.

—Eso es —dijo Lorena—. Y lo mejor es que nadie le ha visto levantarse de la cama, hacer las fotocopias y tampoco cómo las introduce en los bolsillos de sus víctimas.

—Igual es mago —observó Raquel.

—Eso es lo que dije yo.

—¿Y cuál es la noticia? ¿La recuerdas?

—Era de un cerdo que cuidaba de un rebaño de ovejas. Y lo hacía tan bien que había ganado un concurso de perros pastores que se había celebrado en no sé qué pueblo de Inglaterra...

—Seguro que era en Winchester —dije.

Todos se me quedaron mirando como si fuese un gato que pasea por el alero de una casa.

—Como Babe, el cerdito valiente —dijo Raquel, pasando por alto mi comentario.

—Ah, sí, es verdad. Ya decía yo que la noticia me resultaba familiar —afirmó Lorena—. El cerdito de la noticia del paciente de la 555 se llamaba Sue. Y la dueña decía que se llamaba así por una canción de no sé quién.

—¿De Michael Jackson?

—Puede.

—¡Podríamos hacerle una visita! —exclamé.

—Al cerdito.

—No, hombre, no. Al paciente de la 555. Podríamos ir todos. Yo me encargo de vigilar todo el rato lo que hace con las manos. Tengo curiosidad por saber cómo mete el recorte en el bolsillo.

—Es una buena idea.

—También podemos cosernos antes todos los bolsillos. De manera que no pueda meternos la noticia.

—Imposible. El paciente de la 555 no admite visitas. Solo puede entrar el personal de planta.

—Tengo una idea: nos podemos disfrazar de macetas —dije, haciéndome el gracioso.

—No te entiendo, Marc —dijo Lorena, mirándome.

—Yo tampoco —añadió Raquel.

—Yo sí, pero es mejor no hacerle caso. Está majareta. Creedme —contestó Hanif.

48

Pero qué cuervos ni qué cebras

—Dos —le dije a Hanif a la mañana siguiente camino del colegio, sin siquiera desearle buenos días.

—¿Dos? —me contestó.

—Dos, uno y cero.

—No te entiendo.

—Pues que son dos los días que nos quedan para acabar el curso.

—Uno.

—¿Uno? Ahora soy yo el que no te entiende.

—Pues uno. El día de hoy ya no lo cuentes.

—Cómo que no. Lo tengo que contar, todavía ni hemos empezado la clase.

—Pero ya nos hemos levantado, así que un día menos. Uno.

—Dos.

—Uno…

—Dos.

—Uno… ¿No te das cuenta de que esta misma conversación la tuvimos ayer por la mañana en este mismo sitio a esta misma hora?

—Sí, es verdad.

—¿O lo hemos soñado?

—No, tienes razón. La tuvimos ayer.

Seguimos caminando como si tal cosa. Pasamos por delante del estanco que todavía estaba cerrado y donde alguien había escrito con letras mayúsculas sobre la persiana metálica: «TE QUIERO, ARIZMENDI». Seguimos camino del «cole». Yo hablaba y Hanif escuchaba:

—… Sus movimientos imitan el movimiento del arbusto. Lo ves y parece que sea parte del propio arbusto. Se llama insecto palo.

—¿Tú eres tonto o pellizcas mesas de mármol? —me contestó Hanif—. Eso que me has dicho te lo acabas de inventar.

—¿No te lo crees?

—No.

—Pues es verdad. Se llaman así porque no tienen ni espinas ni alas.

—Como las varitas de pescado congeladas.

—Hanif, te estoy diciendo la verdad.

—Yo también te estoy diciendo la verdad. Las varitas de pescado congeladas tampoco tienen espinas.

Ayer cenamos varitas, creo que de merluza. El secreto está en freírlas a la temperatura adecuada.

—A mí no me gustan nada las cosas congeladas.

Ni las varitas, ni las empanadillas, ni las croquetas, ni los san jacobos, ni los *nuggets* de pollo…

—¿Sabes qué me dijo mi padre ayer mientras cenábamos? —me dijo Hanif.

—Que existen unos cuervos que consiguen partir nueces en los pasos de cebra.

—Pero qué cuervos, ni qué cebras. Escucha: mi padre está pensando en abandonar la ciudad, trasladarnos a otro país.

—¿Me lo estás diciendo en serio?

—Totalmente.

—¿Desde cuándo lo sabes?

—Te lo acabo de decir: desde ayer. Ayer en la cena papá se puso muy serio y me dijo que le han hecho una oferta de trabajo muy interesante. «Tentadora», dijo él, y que…

—Pero eso no puede ser. No te puedes marchar así como así —dije con rabia, aturdido, sin terminar de creerme lo que me estaba diciendo mi amigo.

—Así como así, no. Papá dice que esperaremos a que acabe el curso…

—Pero si solo quedan dos días.

—Uno.

—Dos.

—Uno. Bueno, no empecemos. Papá cree que lo mejor es probar un año o dos y que si las cosas no van bien podemos regresar a Zaragoza como si tal cosa.

—Pero… ¿Y tú te quieres ir?

—¡Cómo voy a querer marcharme! Aquí tengo mi casa, mi colegio, mis amigos… Yo no quiero, pero al parecer es una oportunidad para él.

—Te puedes quedar en mi casa. Puedes dormir en mi habitación. Hay sitio de sobra.

—No creo que tus padres piensen lo mismo. Tampoco creo que papá me lo permita. Oye, Marc, de esto que te estoy diciendo ni una palabra a nadie. ¿De acuerdo?

—De acuerdo, Hanif. Nada saldrá de mi boca. ¿Y sabes de qué país se trata?

—Ni idea. No ha querido decírmelo todavía. Para mí que es Canadá.

—¿Canadá? ¡Uuuuuf, allí hace mucho frío!

—Mucho. Pero lo peor será que no conoceré a nadie. A nadie.

49

Lorena se puso seria y leyó

Al llegar al colegio se nos acercó Eloy, corriendo. Llevaba un folio en la mano.

—¡Eh, vosotros! La parejita. No miréis para otro lado. ¿Vais a poner pasta para el regalo de Jovita? Apenas quedan días para que esto acabe. Como no compre el regalo esta tarde…

—Pero aún estás con esa idea metida en la cabeza. Jovita nos dijo muy claramente que no quería ningún regalo.

—Tiene razón Hanif —le dije a Eloy.

—Me asombra vuestro comportamiento.

—A nosotros el tuyo. No seas pesado, Eloy. Si es que no es que no.

—Pero el jefe de estudios…

—El jefe de estudios es un patán de campeonato. Más le valdría comprarnos unos pantalones nuevos para el equipo de fútbol sala. Mi madre ya ha tenido que coser más de cien veces la pernera de mi pantalón —dijo Rodrigo que se había acercado hasta nosotros.

El sol ya empezaba a calentar más de lo habitual.

—Buenos días, chicos. ¿Qué ocurre? —nos preguntó Lorena. Y se puso a silbar, agitando un papel en la mano.

—No me lo digas, no me lo digas: el paciente de la 555 ha vuelto a hacer de las suyas —dijo Hanif adivinando el asunto.

Lorena sonrió y afirmó con la cabeza.

—Otra noticia de cerdos ¿a que sí? —le pregunté.

—Pues sí, has acertado —dijo Lorena y, bajando la voz como si el paciente pudiese escucharla, añadió—: Parece que este hombre está obsesionado con los cerdos.

—Pero de qué estáis hablando. No entiendo ni una sola palabra. Paciente... noticias... cerdos... —se quejó Rodrigo, mirándonos como si fuésemos bichos raros, o como si un hilito de sangre nos cayese por la frente.

—Es normal que no entiendas nada. Estás todo el día obsesionado con el fútbol. Tu cabeza es un balón. Más tarde te cuento de qué va el asunto. Léenos la noticia, Raquel —le pidió Hanif.

—El titular: «Crean el primer cerdo fluorescente». Interesante ¿no?

—Estaría bien que el jefe de estudios fuese fluorescente —dijo Rodrigo, e hizo una mueca de asco.

—Sigue, sigue —la apremió Hanif.

Lorena se puso sería y leyó:

—«El primer cerdo transgénico de la historia es, también, un cerdo fluorescente. Se trata de una cerda de raza *large white* clonada, se llama Ruppy (contracción de "Ruby" y "Puppy", es decir, "cachorro de color rubí") y tanto ella como sus seis hermanos son capaces de producir una proteína fluorescente que, bajo la luz ultravioleta, brilla con un intenso color rojo. La camada fue "creada" por un equipo de científicos

surcoreanos, dirigidos por Byeong-Chun Lee de la Universidad Nacional de Seúl. Y se consiguió por medio de la clonación de fibroblastos, de anémonas marinas, que son capaces de expresar un gen fluorescente de color rojo. Lee ya había trabajado junto al conocido investigador Hwang Woo Suk para crear en 2005 a Snuppy, el primer perro clonado. Cabe recordar que muchos de los logros anunciados después por Hwang, como la clonación de células humanas, resultaron ser un fraude, aunque en el caso de Snuppy se ha demostrado que sí decía la verdad».

50

El hilo plateado de la lejanía

Jovita había venido a clase más elegante que nunca. Un vestido morado, liso, con cuello de pico, sin mangas, con un pañuelo un poco por debajo del cuello y unos zapatos con apliques metálicos de puntera abierta. Dejó el bolso sobre la mesa, se apoyó en el canto de la que había sido su mesa durante todo el curso y nos dedicó una sonrisa cariñosa.

—Bueno, chicos, chicas. Este curso llega al final. Para vosotros es un paréntesis. Vais a disfrutar de las vacaciones. Algunos os iréis al pueblo; otros, a la montaña, a la playa… Pero poco a poco se irá aproximando septiembre y cuando no os deis cuenta estaréis de nuevo en este colegio, con un nuevo maestro o maestra… —Avanzó unos pasos y se acercó a la primera fila—. Pero para mí va a ser todo distinto. Llegará septiembre y no tendré que volver aquí. Mi etapa, mis días como docente llegan a su fin. No acabo ni cansada, ni decepcionada… Pienso que no tendré que poner el despertador para que me despierte el ruido de la alarma; que podré quedarme un rato más en la cama en los días de invierno; que podré esperar a que se enfríe el café tranquilamente…

Pienso que tendré tiempo para pasear, para leer, para cultivar mis plantas, que las tengo muy abandonadas. Tendré tiempo para ir de excursión, para visitar museos, para… (aquí, Jovita se quedó callada, como si no le saliese la palabra que tenía que salir).

—¿Para ir de compras? —dijo Susana Casavetes, detrás de esas gafas que le amplían los ojos una barbaridad.

—También —reaccionó Jovita—. Pero no era eso lo que quería decir. Se me ha ido de la cabeza. Me ha venido de golpe la imagen de mi tío Romualdo.

Su barba tan blanca como si fuese el guardián de un templo, sus ojos oscuros y redondos, sus camisas siempre de rayas, sus brazos demasiado largos, sus botas de montaña Salomón… Mi tío Romualdo era capaz de comer la sopa con tenedor sin derramar una gota. Sonreía poco y era, creo, demasiado taciturno, también demasiado obstinado. No tenía hijos y vivía solo en un pueblo del Pirineo. Venía a vernos dos veces al año: una para Navidad y otra para su santo, justo ayer, 19 de junio, san Romualdo. Nos traía algún regalo y se quedaba en nuestra casa algo más de una semana. Pero de lo que me estaba acordando era de una vez que… Mejor no digo nada que me emociono. —Hizo silencio y dejó escapar un suspiro.

—Por favooor —dijo Mariona, juntando sus manos como si fuese a rezar.

—¡Hala, sí! —exclamó Anuska.

A los ruegos de Marina y Anuska se unieron los de Lorien, Sergio Casanova, Rodrigo, Eloy, Hanif, Raquel, Mónika con «k», Patricia… O sea, casi todos. Lorena se me acercó y me sopló:

—El hilo plateado de la lejanía.

Y me lo anoté en la mano, como hace Mónika con «k» para acordarse de las cosas.

—Sí, es una tontería sin importancia. Me he acordado de repente y…

A Jovita se le tensaron los labios. Nos miró, comprobó nuestras caras de tontos y no tuvo más remedio que seguir contando.

—Pues nada, que mi tío Romualdo se presentó una vez en casa afirmando que una terrible tormenta lo había pillado en el campo, que el cielo se oscureció de repente y que cayó un rayo que le pasó rozando. Nos lo contó mientras cenábamos, con los codos apoyados en la mesa, con su tenedor de estaño que siempre llevaba consigo apoyado en el plato. Nos dijo que aquel rayo lo había rozado y que desde ese mismo momento ya no era el mismo hombre. Al día siguiente, cuando me levanté, el tío Romualdo ya se había marchado. Aquella noche fue la última vez que lo vi.

—¿Y? —preguntó Anuska.

—Y nada. Ya os he dicho que se trataba de una tontería sin importancia —dijo Jovita, y se detuvo.

Mi mirada fija en la puntera abierta de sus zapatos, en sus dedos juntos, en las uñas pintadas de color rojo cereza. Alcé la mirada hasta que me encontré con sus ojos. Unos ojos que nos decían adiós, que os vaya todo muy bien.

Lorena se me acercó y me sopló:

—«El hilo plateado de la lejanía».

«El hilo plateado de la lejanía». Lo repetí en mi cabeza, sin anotarlo en ningún sitio. Memorizándolo, como aquel curso que comenzó diciéndoos que me llamo Marcos. Marcos Mostaza.

Auténtica entrevista falsa
a Marcos Mostaza

—Buenas tardes, Marcos.

—Hola, encantado.

—¿Cómo tengo que llamarte, Marc, Marcos, Marcos Mostaza, Brocoli 301...?

—Puedes llamarme hijo, si quieres, por algo he salido de tu cabeza.

—No está mal pensado, pero me parece exagerado. Prefiero llamarte Marcos Mostaza. Y es que me costó mucho encontrar el nombre.

—Algo me han dicho, sí. Pero para eso eres escritor.

—Claro, en eso llevas razón. Pero bueno, dime ¿qué tal estás?, ¿qué tal te encuentras? ¿Todo bien?

—Muy bien. Ya sin tener que ir a clase. Con muchas ganas de irme de vacaciones con mis padres y con mi hermana. Nos vamos a Budapest.

—Oh, una ciudad muy bonita. El Danubio es impresionante. Y esos baños termales. Széchenyi, creo que se llama uno de los más famosos. Qué envidia, Marcos Mostaza. Imagino que te llevarás algo de lectura para las horas de aeropuerto.

—Sí, siempre me llevo algún libro de Nesquens. Este viaje me llevaré *Marcos Mostaza, grandes éxitos.*

—Pero ya sabes de qué va ¿no?

—Sí, pero tengo curiosidad por ver cómo ha quedado todo junto, sin tener que cerrar un libro y coger otro.

—Ha sido un trabajo laborioso. Por cierto, me gustaría preguntarte por un asunto que siempre me ha tenido con el alma en vilo... Tú eres de Zaragoza, una ciudad de provincias ni muy grande ni muy pequeña, todas las peripecias del libro ocurren en sus barrios, en sus calles... ¿crees que un chico, una chica de Valladolid, por ejemplo, que te lean, se sentirán identificados contigo, con tus amigos...?

—Uuuf, menuda pregunta. No lo había pensado, pero creo que sí. Lo que ocurre en mis libros y me sucede a mí, bien le podría pasar a cualquier chico o chica que viva en Almería, o en Vigo, o en León, o en Fuenlabrada, incluso.

—Sería cosa de leer con un bolígrafo y donde pone Zaragoza, tacharlo y escribir Córdoba, Vigo, Salamanca...

—Exacto. Muy bien apuntado, o anotado.

—Hablando de anotar, ¿qué subrayarías como lo más chulo de la narración, del relato?

—Puuf, hay muchas cosas. El cumpleaños de Lorena, las historias del paciente de la 555, la despedida de Jovita...

—Si tuvieses que quedarte con una sola...

—No sé... Tal vez el día en el que intentaron robarle la bicicleta a mi padre. Casi escribo el guion de una «peli» de acción.

—Sí, lo recuerdo. Marcos, no sé si te has dado cuenta, pero a ti te pasan cosas muy curiosas, ¿no?

—No sé. No me he parado a pensarlo. Puede que sí, pero más que a mí, las cosas curiosas como tú las llamas le suceden a la gente de mi alrededor.

—A tu abuelo, por ejemplo... Las peripecias que le ocurren a tu abuelo no son muy normales, si me lo permites.

—Es que mi abuelo Daniel es muy especial. Tiene mucho carácter, mucha personalidad. No puede estarse quieto mirando las obras de las calles como lo hacen otros jubilados. Siempre tiene que estar tramando algo.

—Lo de la Luna, lo del fantasma de la casa...

—Sí, pero no solo a mi abuelo Daniel le suceden cosas.

—Ya, claro. Por supuesto. Pero como personaje es único.

—Eso sí.

—Hablando de personajes, ¿qué personaje de los que aparecen en el libro es el que más te gusta?

—Hanif.

—No lo has dudado. Lo has soltado como si lo llevases en la punta de la lengua.

—Es que es un buen amigo. Me encanta ir con él todas las mañanas al «cole», que lleve esos bocadillos tan originales, que su padre sea guionista, que seamos inseparables, que…

—Que sea Lechuga 222.

—También.

—¿Y hay algún personaje de los que se citan en el libro que no te guste nada, nada?

—Bueno, no sé. Hay alguien al que sí le tengo mucha manía: a Enrique Sarasa.

—¿Enrique Sarasa? ¿Quién es ese? Nunca he oído ese nombre. Y eso que he escrito todo lo que sucede en el libro.

—¿Ves? Por eso mismo. Le tengo tanta manía que ni lo sabes.

—Ya, ya. Eso está bien: que ni el propio autor se entere. Vaya sorpresa. Aunque imagino que tiene que haber cosas que tú como protagonista sepas y que yo desconozca por completo.

—Alguna hay.

—¿Que estás enamorado de Lorena?

—…

—Te estás poniendo colorado.

—Bueno, creo que me tengo que marchar a entrenar. Ya llego tarde.

—¿A entrenar? No sabía…

—¿Ves? Otra cosa que no sabes. Vosotros los escritores os pensáis que lo sabéis todo, pero no. Y si no te importa…

—Bueno, muchas gracias, Marcos Mostaza, si me permites un minuto… me gustaría darte las gracias por todas las alegrías que me has dado. De verdad, me has hecho muy feliz en todo este tiempo. Y espero que me las sigas dando. Aunque ha habido algún momento durillo.

—Ya.

—¿Te importaría dedicarme este libro?

—Será un placer, ¿cómo me has dicho que te llamabas?

—Daniel. Daniel Nesquens.